母亲的油饺子

——李希信短篇小说选

李希信 著

河南文艺出版社
·郑州·

图书在版编目（CIP）数据

母亲的油饺子：李希信短篇小说选/李希信著. —
郑州：河南文艺出版社，2020.5（2022.5 重印）
ISBN 978-7-5559-0988-0

Ⅰ.①母… Ⅱ.①李… Ⅲ.①短篇小说-小说集-
中国-当代 Ⅳ.①I247.7

中国版本图书馆 CIP 数据核字（2020）第 064840 号

出版发行 河南文艺出版社
本社地址 郑州市郑东新区祥盛街 27 号 C 座 5 楼
邮政编码 450018
承印单位 河南龙华印务有限公司
经销单位 新华书店
纸张规格 890 毫米×1240 毫米 1/32
印　张 9
字　数 164 000
版　次 2020 年 5 月第 1 版
印　次 2022 年 5 月第 2 次印刷
定　价 50.00 元

序言

　　李希信是我的得意门生。四十年前，他还是一名解放军战士，在天津修建张贵庄机场（现天津滨海国际机场）。我曾想把他留在出版社任小说编辑，后发现他在部队的工资比当编辑高二十元，放行了。不想他这一离开就再无音信！说不想他是假的，我梦见他多次……

　　"老社长，有位解放军同志来社里找您。""谁？""北京空军李希信。""啊，快，快带他来见我。这小子……"

　　李希信来了。我一拳打在他的肩胛上："这四十年你哪里去了？"

　　李希信敬军礼，泪流满面："老师，四十年来我天天想您哪，可是我没脸来见您哪。中越边境自卫反击战，我们机场一级战备，身为指导员的我晕倒在飞机旁，等我醒来时，天旋地转，下不了床了。我链霉素中毒患了眩晕症！这种病药物治疗就是安慰，改变症状的唯一方法是练习走直线。于是，我开始了漫长的走直线练习。开始是两个护士架着我练习，后来一个护士架着我练习，再后来我架双拐练习，再再后来我架单拐练习，再再再后来……就是现在这个样子了——不能上凳子上梯子，能上山不能下山，夜里走路需拐杖……

"老师，报喜不报忧，我能告诉您我患病了吗?

"后来，我开始写作。这些年我写了几十万字的东西。《李希信中篇小说选》出版了，短篇小说已编排成书，稿子我给您带来了……"

我浏览着书稿，心里热乎乎的："这小子，像我的学生……"

《母亲的油饺子——李希信短篇小说选》共选录十三篇作品，大部分在公开刊物上发表过。这是李希信近三年时间创作的。李希信是军旅作家，还是河南省作家协会会员。他的作品大多反映军旅生活，塑造了一系列有血有肉的军人形象……

改革开放前，百花文艺出版社曾计划给李希信出本十万字的短篇小说，稿子已三审(我是三审)。但后来因种种原因，此书未能出版……

"我毕竟跟着老师您学习了四年的文艺创作……"

"好。我破例给你写序。"

李希信，你要加强身体锻炼，在保证健康的前提下，多写歌颂祖国、歌颂新时代的好作品！这是一个老编审的希望。

是为序！

2018年12月12日于天津

（刘国玺系中国作家协会会员，
百花文艺出版社编审）

目录

钢连长休假

一、万安山我回来了

内蒙古大草原"多国军队联合演习"刚结束，钢铁连连长赵春便接到部队长的电话："钢连长啊，不对，小赵啊，你今年还没有休假吧？抓紧时间把假休了，下个月你们钢铁连还有更重要的任务呢！"

下了汽车上火车，下了火车又上汽车。二十个小时的长途奔袭，旭日东升时赵春到了万安山麓的万安村头。"故乡故乡，我回来了！"赵春伸开双臂用力呼吸几口家乡甜丝丝的空气，大声地喊着。村口三抱粗的大皂角树下，一群乡亲在聊天。大多是老人，也有青壮年人。看到他们赵春异常激动，紧走几步敬了一个标准的军礼。"园爷、虎伯、七叔，我回来了！"赵春热情地报告着，并掏出大青山牌香烟，一一敬上，一一点燃。

"园爷，您抽烟，大青山牌的。您老身体还扎实吧？"这个叫园爷的白胡子老头住在赵春家的后面，两家房屋屁股对屁股，他是赵春的救命恩人呢！赵春六岁那年，在沟边摘红得馋人的大酸枣，一不留神，失足滑下。下边是三丈多深的沟。机灵的赵春伸手抓住酸枣树的根，大喊："救命呀！救命呀！"园爷在家门口雕青石门墩，听到喊声，丢下家什，急忙跑过去。"啊，小鳖孙儿，是你呀？！""园爷，快救我！快救我！"园爷一把抓住赵春的手，假装生气地说："救你中，但你要答应我一件事！""啥事？""以后不准偷吃我家的羊角蜜！不准祸害我家的大西瓜！""中！中！中！"赵春忙不迭地答应着。六岁的赵春是村里有名的捣蛋鬼，胖嘟嘟的，浓眉大眼，挺可爱，但也有叫人恨、讨人嫌的时候。他经常去园爷的瓜园，偷吃瓜……

"老虎伯，您抽烟，新大娘待你不赖吧！看你穿得新崭崭的，就知道新大娘是个贤惠人！"这个叫老虎的半大老头，大前年丧妻，去年续弦，新婚旅游还在赵春的军营里小住了三天，看附近的风景，看部队训练。

"七叔，抽烟。我可想您了，梦见您老好几回哩！"七叔是赵春的堂叔，对赵春有养育之恩呢！赵春儿时，七叔没少给他炒玉米粒、蒸小红薯吃。那年月这是稀罕物呀！七叔也没少背他到邻村看电影、看戏，到北水塘

母亲的油饺子

里学狗刨，到黄河滩看狗咬架……

二、干爹好

赵春的爹承包了五十亩苹果园。苹果园里最累的活是疏果、打农药。赵春这次休假正赶上打农药。大前天、前天、昨天、今天，赵春帮爹打了四天农药。打农药这活的劳动强度对于一个果农来说是大的，但对于一个野战部队的军人来说，是小拇指头，小小的！收工时爹说："明儿你别打药了，去看看你老泰山吧！""爹，我明儿去看我干爹干娘。菊花的爹和娘去桂林旅游了，不在家！"干爹干娘是赵春战友大狗的爹娘。他俩一起读小学、中学、大学，一起参军入伍。一次抗洪救灾中，大狗为救一名小学生牺牲了。赵春抱着大狗的尸体悲痛不已。部队与地方人武部领导来村里做善后工作。大狗的父母双双晕死过去。抢救过来后，赵春跪在地上，脑袋"咚咚"磕着地："山叔、山婶，从现在起我赵春就是你们的亲儿子！"

第二天一大早，赵春便提着礼物去看干爹干娘了。

"干爹干娘，我回来了！我来看您二老来了！"赵春推开大门大声喊着。年近花甲的干爹干娘正在院中的小菜园里忙活，小菜园郁郁葱葱，种有黄瓜、青椒、茄子和豆角，煞是好看。院落也收拾得干干净净。这老两口享受烈属待遇，生活不错。

"呀，是儿子！儿子回来了！坐坐，快坐！"老两口搓着手上的泥，眼睛眯成一条线。

"干爹，这是我给您买的内蒙古毡靴，长筒的，您不是老寒腿吗？"

"干娘，这是我给您买的羊绒衫，是对襟的，系扣的，好穿好脱。"

"干爹，这是我给您买的内蒙古特产——肉苁蓉、锁阳，泡酒喝的，大补。白酒我也带来了，看，两大罐，一罐5斤。待会儿，我把肉苁蓉、锁阳洗洗就泡上，一个月就能喝了！"

"干娘，这是您喜欢吃的牛肉干、奶酪、奶豆腐……"

"这孩子，这孩子！""来，来，坐我跟前，让我摸摸你……"老两口激动得满脸泪花。

三、同学聚会

这天，赵春在果园里给果树施肥浇水。渠水清清，硕果累累，南风徐徐。弟弟的笑声，妹妹的歌声，花羽毛小鸟叽叽喳喳的叫声，汇成一曲美妙醉人的田园交响曲。

"嘀嘀——吱——"一辆黑色小轿车在果园门口停下。

"哎呀呀，'多国军队联合演习'的大英雄回来了，也不看看老同学，也不向我报个到。"车上下来一位着装

　　　　　　　　　　　母亲的油饺子

讲究、胖乎乎的中年人。这人是赵春的高中同学，姓周，县委组织部副部长。

"啊，是大部长，下乡微服私访呀。"四只手紧紧地握在一起。

"今晌老同学聚会，听说你回来了，我来接你。"周副部长大声说。

县高中是省重点中学，是人才的摇篮。每年的升学率都在百分之九十以上，有专科生、本科生，出了不少清华北大等名牌大学生。老同学聚会的地点选在万安山集团公司的大礼堂。来参加聚会的同学有三百余人，往年聚会每人交二百元，这次不交，万安山集团董董事长资助了。会场布置得豪华而典雅。霓虹灯、牡丹花、芍药花、鸡冠花、蜡梅、美人蕉；休闲椅、大餐桌、白桌布；红酒、白酒；大杏仁、腰果、花生米、大瓜子、桃脯、杏脯、哈密瓜脯、地瓜脯；还有牡丹石茶壶、茶杯。激动人心的万安山中学校歌在大礼堂上空回荡着。

老同学见面，问候、寒暄、互道祝福，有笑声有眼泪。赵春一身戎装，英气逼人，特别引人注目。"请多国军队联合演习英雄到主席台就坐。"会议的组织者是原学生会李主席，现在是县政协委员。

"会议第一项，全体起立唱校歌。"

"我们是万安山的儿女，我们是万安山中学的学生，我们是天之骄子。万安山中学是学者的摇篮，是将帅的黄埔……"

"会议第二项，请万安山中学老校长讲话。"

老校长是高级教师，桃李满天下。他是摇着轮椅上台的，坐在轮椅上讲话的。"同学们，孩子们，我又看到你们了……"

"会议第三项，请县委组织部周副部长讲话。"

…………

"会议第四项，请工、农、商、学、兵各行业代表讲话。"

赵春代表兵讲话。李主席要求赵春着重讲讲这次"多国军队联合演习"的事。赵春在这次演习中表现不凡，大家在电视上都看见了。除了讲联合演习，赵春还讲了当前部队的军事训练、各国的武器装备状况、亚太地区的军事形势以及中国军队所面临的困境。赵春普通话标准，声音洪亮，吐字清晰，颇有磁性。当他讲到中国将打破美日的海上包围，捍卫国家领土主权的完整时，台下响起雷鸣般的掌声。

"会议第五项，吃饭喝酒补充营养！"

席间觥筹交错，猜拳行令声不绝于耳。酒至半酣，有人提议，让"多国军队联合演习"的英雄露两手。众人附和："赵春，露两手，露两手！"

"露两手就露两手！"赵春没醉。鉴于上次的教训，今天喝酒他特别小心。他脱掉军装，紧紧腰带，转身向礼堂内的圆柱走去，三下两下就如长臂猿般上了大堂的横梁。众人先是目瞪口呆，接着掌声雷动。赵春露的第二手是擒拿格斗术。台下都是饭桌没场子，他登上主席台，一套拳打下来，脸不红，气不喘。"好啊好啊！""真棒真棒！"又赢得了一片欢呼声和掌声。

"会议第六项，赴栾川游鸡冠洞。"

周副部长和赵春坐在轿车的后排。周副部长问："老同学，考虑过转业吗？"

"没有。不过，铁打的营盘流水的兵，终究是要脱军装的。"赵春说。

"回来想干什么？"

"老同学让我干什么，我就干什么，服从组织部分配呗！"

"明年回来吧，国税稽查局局长的位置还缺着。这个位置就需要天不怕地不怕敢玩命的军人！"

赵春嘴上没说，但心里在说，这倒是个好位置啊，庸俗点儿说这是个肥缺！自家祖上从来没有当官的，自己当上了大局长，爹娘、弟弟、妹妹和妻子菊花不知要多高兴哩！

四、出任教官

忙了几天，赵春决定睡个懒觉。在生于斯长于斯的祖院里睡懒觉是一种享受。院内石榴树上小鸟在鸣叫，枣树上笼子里的蝈蝈在引吭高歌，不聒噪人，是催眠曲。

"砰砰砰！"门外响起急促的敲门声，"大表哥！大表哥！日头照到屁股上了，还不起床！"

"噢，是姑母家大虎、大豹两位表弟。"赵春对这两位姑表弟有感情。他抱过他们、背过他们，带着他们上万安山摘酸枣，下万安河摸螃蟹，在青石板上走四子棋。他一骨碌爬了起来。

"大表哥，大英雄！走！走！走！"大光脑壳、虎背熊腰、穿着肥肥大大黄色僧衣的大虎、大豹一边一个挽住赵春的胳膊往外拉。

"虎子、豹子，你们干啥呀，急头急脑的？"赵春挣脱双臂，笑着问。

"阿弥陀佛！"大虎、大豹后退一步，立正行僧家大礼。

"你们搞什么鬼呀？"赵春下意识地还了个军礼。

"俺们十三棍僧武术学校邀请你去讲讲多国军队联合演习的事。"大虎、大豹异口同声地说。

"噢，"赵春思索着，"明天吧，今天我还要帮你舅给果园浇水哩！"

"啥子明天，一万年太久只争朝夕！"大虎、大豹不由分说架起赵春就住大门外走。

"阿弥陀佛！"大门外站了一排大光头，加上虎、豹俩表弟，一共十三人。他们的黄色上衣印着一行醒目

　　　　　　　　　　母亲的油饺子

的大字——十三棍僧武术学校。这所武术学校已经开办五年了，是嵩山脚下武术世家的传承人武卫国先生创办的，赵春早有耳闻。武先生功夫了得，参加省、国家武术比赛，拿过名次。武先生崇拜少林寺的武风、武德、武术，更崇拜隋末救唐王李世民于危难之间的十三位棍僧。因此他自取绰号"十三棍"，并创办了十三棍僧武术学校。武先生的办学宗旨是习武强体、保家卫国、护一方平安。十三棍僧武术学校有特点，他们剃光头、持僧棍，但不脱俗、不吃斋。十三棍僧武术学校自开办以来培养了不少人才，就业于各行各业，口碑不错。门外的这十三人是十三棍僧武术学校的学员代表，在省春节文艺晚会上表演过武术节目。由他们来请赵春，足见诚意。赵春的爹娘弟妹也支持："去吧去吧，苹果树上肥料不差这一天半天的！"

旭日东照，三百多名师生静坐在练武场上，和尚头泛光。赵春的声音在学院上空回荡："同学们，这次多国军队联合演习的目的是提高军队的战斗力，取长补短，共同进步。外国军队确实有过人之处……当然啰，中国人民解放军的军事素养、军事技术，堪称世界一流……"赵春声音洪亮，讲到精彩之处会情不自禁地比画两下。

中午，武校长请赵春吃便饭，大虎、大豹相陪。说便饭是客气话，酒喝的是杜康，一席菜全是美味：野猪肉、野兔肉、野鸭肉、鹿肉、王八汤、鹌鹑蛋、孔雀蛋、黄河大鲤鱼、山野菜。席间，满面红光的武校长端起一杯酒站起来说："赵老弟，不，解放军的英雄，鄙人有一句话，不知当讲不当讲？"

"武校长客气了，请讲！"半斤酒下肚，赵春满脸通红。

"好！我先喝三杯壮壮胆！"武校长扬起脖子，"吱吱吱"三杯酒下肚，然后后退一步，恭恭敬敬地行僧家大礼，"阿弥陀佛，中国人民解放军的英雄赵春赵施主，敝十三棍僧武术学校正式聘请您为学校的军训教官——"

"什么？什么？"赵春虽然酒上了头，但思维是清晰的，他在心里暗暗说道，这简直是开国际玩笑，我一个现役军人怎么能来武术学校当教官呢？

成熟老练的武校长说："赵施主，您心里想什么鄙人知道，您是军人，要带兵，要执行战斗任务，不可能天天来给学生上课！但您是军官，一年有三十到四十五天的假期……"

"这……"赵春明白了。他每年是有一个月甚至一个半月的假期，但把陪爹娘陪老婆的时间用到这里，他从来没想过！

"大表哥，快答应了吧。武校长的腿都站麻了！"大虎、大豹一边一个抱住赵春的胳膊摇晃着、求着。

"当兵后整年与亲人分离，休假一个月，时间堪比金子呀。要帮助爹娘干活，要陪爹娘说话，还要还菊花

　　　　　　　　　　　　母亲的油饺子

的爱情债……"赵春还没理出头绪。

"赵施主，鄙人多说几句。"武校长仍持僧家大礼，"现在学校正准备实行军事化教学，但缺少一位军事教官。我希望我的学生都具备军人素质，会唱军歌，会走正步，会用枪，会拼刺刀，会投手榴弹，能按照军队的纪律办事……"武校长激动了，提高嗓音说，"赵施主，您是不知道啊，我家历代祖先都尚武卫国，我祖父打过日本鬼子，我父亲上过朝鲜战场，我上过对越自卫反击战前线，我的司令员是许世友将军……我希望我的学生平时能维护地方平安，战时能冲锋陷阵英勇报国……"

还说什么呢？赵春感动了，他向武校长敬了一个标准的军礼。

哗啦一声响，饭厅东侧的屏风被拉开了。三百多名学生齐行僧家大礼："阿弥陀佛，赵教官，学生有礼了！"一名学生双手捧着雕花枣红色木盘，走到赵春面前，盘上放着烫金字的聘书和一个砖头大的红包。

满面春风的武校长指着雕花木盘说："赵教官，这是聘书和预付的薪酬。"

"聘书我收下，但钱我不能要！"赵春没有忘记部队的纪律。

"你不要，我舅舅我妗子要！我表嫂要！"大虎伸手把砖头大的红包抓了过去……

五、打擂

十三棍僧武术学校练武场，阳光普照。

"一二一，一二一，一二三四——"

"向左转走，向右转走，向后转走——"

"革命军人个个要牢记，三大纪律八项注意……"

英气逼人的解放军军官赵春在给三百多名学生上军训课。今天是第一天。课间时间学生围上来七嘴八舌地提问题："赵教官，电视里说你们当兵的被子叠得方方正正，像刀切过的豆腐块一样，这是真的吗？"

"是真的。"赵春回答，"你们这次军训有这个课目，叫整理内务。明天下午，我教你们如何叠被子、整理内务。"

"赵教官，"又一名学生发问，"听说解放军夜间紧急集合，从哨声响到全连战士全副武装、整齐列队，只用五分钟时间，这是真的吗？"

"是真的。你们这次军训也有这个课目。"赵春笑着回答。

"赵教官，"又有学生提问，"武校长说您还要教我们打枪、扔手榴弹，这是真的吗？"

"是真的，军训计划上有这一项，但需要县武装部批准。"

"大表哥，不，赵教官，"大虎挤到前边抢着问，"你在部队肯定练过打架，听说你们的打架路数和俺们的不一样？"

"肯定不一样。"赵春回答，"你们所学的搏击术已经传承了上千年，派别众多，既含有技术成分又含有民族地域文化成分。而我们所习的擒拿格斗只讲两点：第一不怕死，第二技术……"

上课时间到了。

学生们积极好学，赵春喜欢他们，他们也喜欢赵春。除了常规的军事训练外，他们还相互切磋武艺。学生们给赵春表演棍术、枪术、刀术、徒手搏击术，赵春给学生们表演擒拿格斗术、攀岩越障碍术、智抓舌头术。大虎、大豹不服气，向赵春发起挑战，双双败北。大豹偷袭赵春，也没占到便宜。末了大虎、大豹又拉上两位同学四人围攻赵春。赵春运用游击战术，出其不意，攻其不备，各个击破……

今天是军训的第七天，赵春要给学生们上射击课。县武装部批准了十三棍僧武术学校的申请，并派来一名作训参谋，带来了全自动步枪、手枪、冲锋枪，还有十发子弹。县武装部作训参谋调皮，一定要赵春试枪，实际上是想看看赵春的本事。赵春见了枪，那种亲热劲儿、亲密劲儿就别提了。枪是军人的第二生命。赵春抄起枪，熟练地去弹匣、上弹匣、上子弹、退子弹、开保险、关保险、拉枪栓、扣板机。赵春明白县武装部作训参谋的意图，他还知道作训参谋曾是武警部队的狙击手。赵春检查毕枪支的性能，熟练地压上一粒子弹。这时一只麻雀从练武场上空飞过。赵春举枪，"砰！"小麻雀应声落地。练武场边上有一排杨树，其中最高的一棵上挂着一只红气球。赵春用眼一瞄，抓起步枪，"砰！"气球碎了。

……………

"咚锵！咚锵！咚咚锵！"

"十三棍僧，我们南天王找你们报仇来了！"

"滚出来！今儿咱们再决高下！"

十三棍僧武术学校的大门外传来锣鼓声和人声。

南天王武术学校在万安山南，已有十年的历史了，他们继承的是南派武风。山南山北两所武术学校近年来形成一个规矩，每年年初要举行一次武术对抗赛。取胜者可得一笔数目可观的奖金。奖金由周边企业出，或者由海外华人大亨资助。他们比赛的方法是攻守擂台赛，时间为四个小时。时间到的那一刻，谁守擂台谁为赢家。今年年初比赛，共有十人登台打擂，最后一个小时，是两个学校的最高手——校长对阵。天不佑南，南天王的校长败给了十三棍僧的校长。十三棍僧武术学校得了五十万元奖金，锣鼓喧天庆胜利。南天王武术学校败北，灰头灰脸的，校长气得三天没有吃饭！

事过两个月，南天王武术学校复仇来了。当然，十三棍僧武术学校可以不接招，因为没这规矩嘛，要复

　　　　　　　　母亲的油饺子

仇也要等到明年年初。但人家杀上门来了，你能不接招吗？学校决定，明天见雌雄！

擂台就设在十三棍僧武术学校的练武场上。搭建擂台的钢管木板彩旗彩帐篷是现成的。搭建擂台的工作，师生们轻车熟路。第二天凌晨，一座威风漂亮的擂台矗立在练武场上。登擂台参加比赛的人，自愿报名，最终学校审定五人。其中就有赵春的表弟大虎、大豹。对方也出五人。

着军服的赵春坐在观看台上，前后左右都是他的学生。赵春对这场比赛十分感兴趣。这和部队的红军、蓝军对抗演习一模一样嘛！这样的擂台攻守赛有利于提高学生的战斗素质！每年进行一次太少，应该多进行几次。

比赛开始了。首先是南天王武术学校守擂，十三棍僧武术学校攻擂。

一位膀大腰圆，一米八多的大块头站在擂台中间大声喊："我，南天王武术学校一班班长，人称黑铁塔，谁来攻我？"

"十三棍僧小松鼠来也！"十三棍僧武术学校方阵中飞出一人。该人身高不足五尺，细胳膊细腿长脑瓜，着小号僧服还显肥呢，真不愧绰号"小松鼠"。台下观众一阵嬉笑。小松鼠在擂台上站定，礼貌地行僧家大礼："施主，比什么？"比赛有规定，只准比一项技术，且点到为止，违者罚一万元。

"随你。"

"棍。"

"好！"

一大一小两个身影如两团魔球上下弹跳，左右相随，不弃不离。两根齐眉蜡木棍如两条蛟龙缠绕一起，时而天上，时而水中。台下观众看得眼花缭乱。鼓励声、叫喊声、口哨声、掌声震天撼地。

突然，小松鼠被黑铁塔高高举起："回去再练几年吧！"

"休伤我师弟！"十三棍僧方阵中跳出一人。这人着黄色衲衣，大光头泛着青光。他是十三棍僧代表队队员大豹。

赵春一怔："怎么让这傻表弟出场了？"大豹那两下子赵春还是清楚的。既然登台了，那就打吧。赵春的心提到了嗓子眼。

大豹和黑铁塔比的是长矛术。大豹擒拿格斗差点，但长矛术娴熟。他和黑铁塔斗了五十个回合未分胜负，但赵春看出大豹的体力不支了。"怎么办呢？"赵春有点着急，真想上擂台代替大豹，但人家这是武校打擂，自己是解放军军官，没有理由上擂台呀！

"弟弟闪开！哥哥来了！"大虎怪叫一声跳上擂台。

大虎和黑铁塔比的是徒手格斗。

赵春更着急了。心说，开玩笑，徒手格斗是大虎的弱项。大虎的强项是刀术。武校长，您这是怎么安排的？

　　　　　　　　　　　母亲的油饺子

第四位登台的是十三棍僧武术学校代表队的李队长。

黑铁塔与李队长是老熟人，他自知不是李队长的对手，拱手下了擂台。

十三棍僧武术学校守擂，南天王武术学校攻擂。

"南天王武术学校的弟兄们，快快登台，与吾决一死战！"李队长叫板。

十三棍僧武术学校代表队李队长是名扬黄河两岸的武术高手，在省、国家武术比赛中拿过名次。南天王武术学校一时无人敢登台争高下。

"南天王的兄弟们，上来呀！装孙子啦？"李队长用激将法。

"老朽来也！"随着一声洪钟似的应声，一位须发皆白、面色红润的老者一个箭步跃上擂台。他就是南天王武术学校校长南天王。

"阿弥陀佛，前辈，请多赐教！"

"后生可畏。互相学习吧！"

一老一小比的是剑术。一人一把红缨长剑，剑长三尺，青光闪闪，寒气逼人。挥剑进攻者，如猛虎下山，如蜻蜓点水，虚招实招，运用自如。持剑防卫者，如金网罩身，如铁壁铜墙，壁垒森严！会看的看门道，不会看的看热闹。赵春是会看的。他仔细看这一老一少的招数，并在心里作评点："好！""妙！""绝！""呀，臭棋！"赵春心话未了，南天王转守为攻，一剑刺来。李队长中剑了。谁叫他分神呢？"哗——哗——"台下欢呼声、掌声如大海波涛。

现在是南天王守擂。李队长败下阵来，能与南天王对阵的只有十三棍僧武术学校的校长了。武校长双手一拍上了擂台。

"阿弥陀佛，施主，应该是明年正月见面，怎么提前了？"

"三个月前，马失前蹄，不服哇，睡不着觉哇！"南天王捋着白胡子。

这两位比的是二指禅。二指点地，身体倒立，看谁坚持的时间长。好一幅难得一见的画面：擂台中央并排两尊二指点地、身体倒立的雕塑，一位白发下垂，白色练武服裹身；一位光头闪亮，黄色袈裟垂地。

"南天王坚持！南天王必胜！"

"十三棍坚持！十三棍必胜！"

"一百万是我们南天王的！"

"一百万是我们十三棍的！"

台下观众都知道，此次胜者得一百万元人民币的奖金。至于钱是谁出的，现在还是个秘密。

赵春心里很焦灼。他是当兵的，也算武林中人吧。他很喜欢这两位校长。他们有一身本领，还带着那么多学生习武，国家需要他们这样做呀！他希望他们停战，不要分出胜负来……

　　　　　　　　　　　　　母亲的油饺子

"扑通！"什么响？

"啊？！"台下的人全站了起来。

武校长光头着地了。

"还有谁敢上台？没有人上台，再有半个小时，那一百万元人民币就是我南天王的了！"南天王喜形于色。

十三棍僧武术学校全体师生刚才晕了，现在他们清醒过来了。

"大表哥——"大虎、大豹跳到赵春面前。他俩认为赵春可以打败南天王。

"赵教官——"众学生把赵春团团围住。赵教官，他们的赵教官，是解放军的英雄，他打败了大鼻子蓝眼睛的外国人，他一定能战胜南天王！

赵春是集团军的射击高手，飞檐走壁高手，擒拿格斗高手。他得到的荣誉一大堆，受到部队首长的多次接见，得到的表扬、赞扬太多了。但像现在这种情况，几百名学生哀求他登台打擂，为学校争光争气，还是第一次。他周身的血在沸腾。一日之师则终身之师也，他教这些学生不止一日呀。还有，武校长待自己也不薄呀。自己应该登擂台与南天王比比高低，把南天王打败了，给十三棍僧武术学校的校长和可爱的学生们争回面子！至于那一百万奖金，身外之物，可有可无也！但自己是军人，自己在休假，任学校教官，只要不要薪水，可以说是帮助帮忙，军爱民呀！但参加打擂，且是有赏的，符合解放军纪律吗？肯定是不符合的……

"十三棍僧武术学校众人听了，再有半个小时，那一百万元人民币就是我南天王的了！"擂台上的南天王在叫嚣。

"阿弥陀佛，赵教官，我们求您了，我们给您跪下了！"三百多名学生齐刷刷地跪在了赵春面前。

"别别别，容我再想想，我是军人，我不能参加有赏打擂呀！"赵春慌忙举手还礼。

"赵教官，你是军人不假，但你也是我十三棍僧武术学校的教官呀！"几百名学生异口同声。

赵春想，学生们说得也在理。既然接了聘书，我就是学校的教官，况且已经给学生们讲了几天课。可我能取胜？没把握，但我有亮剑精神、有玩命精神、有随机应变能力！赵春仍在思索，我应该登上擂台与南天王一搏，输了，吃一堑长一智，赢了，让自己的学生高兴高兴。但军队纪律，纪律……赵春的思绪又在这儿卡壳了。

时间一秒一分地过去。

南天王的叫嚣声更甚。

"大表哥，你磨蹭啥呢？你是技不如人，怯了吧？"大豹急了。

"大表哥，电视台说你打败了外国人，是不是弄虚作假的呀？"大虎出言不逊了。

"呀，弄不好是假的，唬的吧？！"有学生小声说。

　　　　　　　　　　　母亲的油饺子

"要是真的，赵解放军这会儿能装尿吗？"另一学生附和。

"唉，现在有些人，弄虚作假一等一！"

"唉，没想到解放军也树假典型！"

"胡说八道！别说了！"赵春大喝一声。

赵春血气方刚。士可杀而不可辱也！

"你们等着！看我赵春是真英雄还是假英雄！"赵春大吼一声跳上了擂台。

"老前辈，赵春讨教了！"赵春行军礼。

"民拥军，解放军出招吧！"南天王还抱拳礼。

他们比的是柔术。柔术，摔跤术也。日本人叫柔道，中国人叫柔术，老百姓叫摔跤。在部队，柔术是擒拿格斗术中的一种技巧。双方换上了柔术服装。柔术取胜第一步，要抓住对方的肢体或衣服。赵春像猴子一样左右上下躲闪，使南天王抓不住他。抓不住，就谈不上摔倒在地了。但南天王毕竟受过专业训练，有几次他抓住了赵春的衣服，将赵春摔倒在地，但当他扑上去欲置赵春于死地时，赵春就地十八滚，机灵地逃脱了。

擂台上这种人"猴"之战，是很精彩的，别具一格，很吸引观众的眼球。

"好。"

"妙。"

"绝。"

"嘻嘻嘻。"

"哈哈哈。"

台下叫好声、嬉笑声混成一片。

一个抓一个躲，一个跑一个追。二十分钟后，南天王突然停了下来。他指指乱蹦乱跳的赵春，又指指自己的心口，弯腰行了个大礼，退下擂台。

"解放军赢了！"

"大表哥赢了！"

"十三棍僧武术学校赢了！"

学生们把赵春连连抛起。

大虎、大豹抬着装有一百万人民币的牛皮旅行箱，向赵春大声喊："大表哥，这一百万元是咱家的了！"

赵春在半空中接话："不是咱家的，是咱们十三棍僧武术学校的！"

…………

六、诗词·杯酒

老泰山家在县城。媳妇菊花在本地一家很有名气的企业给董事长当秘书。这家企业叫万安山集团公司，旗下有房地产公司、运输公司、花岗岩公司、沙石公司。公司的花岗岩产品远销东南亚、美国。此时，菊花正和她的董事长在纽约与大鼻子谈一笔大买卖哩！菊花毕业于中南大学，是经人介绍认识赵春的。赵春很乐意。菊花不仅学历高、知识面广、英语好，而且是中学、大学的校花。形象美极了，用"闭月羞花之貌，沉鱼落雁之容"来形容都欠些！他们恋爱期间真正见面只有十几次，但书信有百十封哩。他们谈政治、谈经济、谈企业、谈文学，总之，无话不谈。老泰山两口是县政府退二线的局级公务员，老泰山退前的职务是县委办公室主任。往日女婿来家，准是岳父掌勺岳母配合，做一桌子家乡菜，让女婿饱享口福。今儿老泰山慷慨："走，赵春，嵩岳宾馆新增地方菜，尝尝去！你二妹槐花已订包间了！"老泰山说的二妹是菊花的妹子，其实她就比菊花晚出生半个小时。她们是双胞胎，姐妹俩长得像极了，唯一区别是姐姐的耳后有个小肉揪揪！

嵩岳宾馆是本县有名的宾馆，集住宿、餐饮、娱乐、洗浴、会议接待等功能于一体。翁婿二人来到嵩岳宾馆洛阳厅时，花一样美丽、含羞草一样温柔的槐花已等候多时了。老泰山拿过菜单，边看边利索地报着菜名："偃师银条、蒜泥毛妮菜、老家烧卷煎、萝卜丝洋葱丝姜丝咸食、栾川拳菜炖猪肉、洛阳连汤肉片、洛阳糊涂面。"

这些菜都是赵春爱吃的，都是本地特色菜。比如，偃师银条据说是唐僧从印度带回的，唐太宗李世民特批，把种子撒到你们老家去吧。于是，河南偃师专门开垦出土地种植银条。全中国其他地方都不行，撒下银条种子要么不出苗要么不成形。银条刚钻出土时，白白的长长的条儿，煞是好看。不仅好看还好吃，滋阴败火醒酒呢！至于洛阳糊涂面、蒜泥毛妮菜，赵春更是垂涎三尺！偃师唐僧寺是唐僧出生地，该地不仅出人物还出红葡萄酒。席上还有洛阳名酒杜康，曹操喜欢喝，"何以解忧，唯有杜康"。家乡的空气鲜，家乡的水甜，家乡的酒更香……

翁婿俩边吃边聊。聊国际国内形势、古都洛阳旅游景点、本县的奇闻逸事，还聊部队的训练、多国军队联合演习、十三棍僧武术学校、与南天王争擂等。槐花闪动着美丽动人的大眼睛，问："哥，你和老外比武的时候老外多打你了五拳，难道咱解放军的拳还不如他们？""呵呵，"赵春笑着回答，"那是我故意退让麻痹他，让他骄傲轻敌。以退为进嘛！你没看到我的反击吗？""看到了，看到了。"槐花拍着小手，"哥，你真厉害！哥的拳头像大铁锤一样砸过去，大鼻子的大鼻子出血了。"赵春参加的多国军队联合演习，电视台转播了，槐花看得很仔细。

"嘟嘟嘟！"老泰山的手机响了。接完电话，老泰山说："市里来客人了，我和你妈要去接站。二丫，陪你哥多喝几杯！"

两位老人走了。槐花一反常态，站了起来："哥，干喝没意思，咱俩划几个。"

"划什么，三国拳？"部队兴这个。

"我不会。"

母亲的油饺子

"哥俩好？"

"太俗太俗。"槐花的头摇得像货郎鼓似的。

"老虎、杠子、鸡？"

"中！"

几圈下来，槐花不干了："不玩这个，不玩这个。"

赵春是军人，军人是会用谋的，是懂得心理战的。槐花输的多赢的少。赵春看着槐花那张泛红的漂亮脸蛋，说："你说怎么玩？"虽然槐花喝一杯，赵春陪一杯，但接着喝，赵春是不惧的。

"背诗歌吧？"槐花的大眼睛扑闪着，闪过一丝狡黠，"我背一首，你背一首，谁跟不上趟，谁喝。"

"中，中。"赵春也有不少文学细胞。

"朝辞白帝彩云间……""日照香炉生紫烟……""故人西辞黄鹤楼……""清明时节雨纷纷……""远上寒山石径斜……"

…………

他们背到第三十首时，赵春嚷了起来："哎呀呀，我的大诗人，您这不是灌我酒吗？中学时代我喜欢诗歌，但入伍十年戎马倥偬，天天练兵，夜夜研究战术。哪里有时间诵诗啊。"

"你不背也成！"槐花把两瓶杜康酒"咚"地放在赵春面前，一字一句地说，"我背一首，你喝一杯。杯酒点赞！咱不喝红葡萄酒，喝杜康！敢不敢？敢不敢？！"

槐花那张漂亮的脸蛋凑了过来，两眼直盯着赵春，一副将军的样子。

"这有什么不敢的？"哪个男人在女人面前不要自尊，特别是在小姨子面前。

槐花背的第一首词，是岳飞的《满江红》："怒发冲冠，凭栏处、潇潇雨歇。抬眼望，仰天长啸，壮怀激烈……"这首词是军人的词，赵春也会背。他情不自禁地随着槐花出了声："三十功名尘与土，八千里路云和月。莫等闲、白了少年头，空悲切……"

"哥，我背得好不好？"

"好！"

"那点个赞吧！喝一杯。不，喝两杯，这是词，字多。"

槐花背的第二首词是辛弃疾的《破阵子》："醉里挑灯看剑，梦回吹角连营……"这首词赵春也喜欢。他站起来与槐花一起背："八百里分麾下炙，五十弦翻塞外声，沙场秋点兵……"

"哥，再点个赞吧！"

"好。"

"一杯还是两杯？"

"词，两杯。"赵春一扬脖子，两杯杜康下了肚。

槐花背的第三首词，是毛泽东的《清平乐·六盘山》："天高云淡，望断南飞雁。不到长城非好汉，屈指行程

　　　　　　　　　　　母亲的油饺子

二万。六盘山上高峰，红旗漫卷西风。今日长缨在手，何时缚住苍龙？"

槐花与赵春的你诗我词，惊动了饭店经理和食客。经理推开门，食客们冲他俩伸出大拇指。

槐花起身重新把门关上。

大半瓶杜康下了肚，赵春有点醉了。他脑袋涨，视线模糊，舌根发硬，手不听使唤。但槐花仍然兴致勃勃，转到赵春跟前又给赵春斟满了酒，就势坐在赵春身边。赵春转过头，闻到了女人身上那种特有的诱人的气味。他觉得眼前的槐花是世界上最美最美的女人。不，不是槐花，是菊花，你不是在美国吗？你回来了？是菊花，眼前这个女子是菊花！看那明亮乌黑会说话的眼睛，看那长长的睫毛，看那笔挺的鼻梁，看那小巧玲珑的嘴，看那红嘟嘟的唇，看那白皙的颈……

七、菊花回来了

菊花从美国回来了。菊花好像病了，不苟言笑，整日坐在写字台前绘图，一副拒人千里之外的样子。当然，冷若冰霜也是一种美，赵春既喜欢又心疼。赵春知道菊花喜欢吃内蒙古锡林郭勒的牛肉干，他剥掉牛肉干的包装纸，把牛肉干送到菊花嘴边，菊花不张嘴。赵春知道菊花喜欢喝内蒙古昭君牌奶茶，他把一杯芳香扑鼻的奶茶放到菊花面前，菊花视而不见。赵春知道菊花喜欢吃手擀绿豆面面条，他专门到万安山超市购回五斤绿豆面，挽袖子下厨房为菊花做了一大碗炝锅绿豆面条，还放了两个荷包蛋。飘着葱花香油星儿荷包蛋的绿豆面条真诱人啊，但菊花吃了半碗剩了半碗……往日满面春光，说话像百灵鸟叫一样的菊花哪里去了？往日依偎在自己胸前，给自己背诗，要求自己尽义务的菊花哪里去了？两天了，菊花和衣而睡。自己虽有"邪念"，但也不敢"侵略"人家……菊花病了？还是在美国接的工程量太大、太复杂？还是得了抑郁症？赵春决定明天带菊花到县医院看看。这天晚上，赵春看着身边的菊花，那种"邪念"又出现了。眼前的菊花，太美了。那额头、那眉毛、那眼帘、那长睫毛、那鼻子、那嘴巴、那白颈，用什么语言来形容呢？赵春觉得没有文字能够形容菊花的美。赵春控制不住自己的"邪念"了，他翻身压在菊花身上，但菊花毫无反应，如木头人、石头人、塑料人。赵春像泄了气的皮球……

早晨，赵春对爹娘说："菊花好像不得劲，我带她到县医院看看。"

"咋个不得劲？"爹停住扫帚问。儿媳妇的事，他作为公公是不多操心的。

娘从厨房里出来，用围裙擦着手笑盈盈地问："是不是有喜了？是不是工作太累了？董董事长也真是的，给

30 　　　　　　　　　　　　　　　　　母亲的油饺子

菊花派恁多活，办公室里做不完还拿回家里做。"

"去看看就知道了。"赵春不想给老人家增加烦恼，因此没多说。

"咕咚！"屋内一声响。

"什么倒了？"赵春急忙奔进屋。

"天啊！娘啊！"赵春不敢相信自己的眼睛，穿着绣花睡衣的菊花悬吊在屋梁上。

赵春冲上去托举起菊花的身体，大喊："爹，娘，快来！"

爹娘和弟弟、妹妹帮着赵春把菊花解救下来，平放到床上。赵春用在部队学到的战地急救法，把菊花从鬼门关拉了回来。

菊花泪如泉涌，声如游丝："赵春，我对不住你。你让我走吧。"

菊花怀孕了，这小杂种的爹是万安山集团公司的董事长。

八、天降横祸

出了这么大的事，灭顶之灾呀！灭顶之灾呀！但赵春毕竟是解放军的军官，大脑短暂的空白之后，他立即做出决定：一，封锁消息，不能让街邻知道。家丑不可外扬呀！二，通知老泰山和槐花，让他们来一趟。三，叮嘱妹妹三妮儿，时时陪伴菊花。四，劝慰爹娘，不能哭。事情既然出了，就要面对。五，把这一情况报告给部队党委。

奇耻大辱啊！爹和二弟在后院霍霍地磨着鹰嘴砍刀，声言要砍了那王八蛋！赵春赶忙过来制止："爹，赵夏，那王八蛋占有了菊花，他犯法了！犯国法了！我要向部队首长和地方政府报告！让王八蛋受到法律制裁！让他蹲监狱！你们不能去杀他。你们杀他也是犯法的！"

老泰山一家来了。赵春严肃地说："你们看好菊花，不能再有闪失。"赵春又说，"三妮儿，你和咱娘摊两张香椿鸡蛋饼，无论如何劝菊花吃一点。""槐花，你和我到县上去，把这事报告给地方政府和部队党委。"

部队来人了。一位是权副政委，一位是保卫股的郭干事。军人的妻子，特别是"多国军队联合演习"英雄的妻子，怀了别人的娃儿，不管这娃儿他爹是强奸，还是通奸，都是犯罪。不管他是多大的官，多大的企业家，多大的背景，法律在头上悬着呢。

权副政委和郭干事依次看望了赵春的父母、岳父母和菊花。菊花现在住在娘家，由槐花、三妮和父母陪着。权副政委和郭干事还依次拜访了县人武部部长和县委政法委书记。赵春天天陪着爹爹和弟弟干活。说是陪还不如说是防止爹爹和弟弟去杀那王八蛋。这件事对他们的打击也很大。赵春这两天整夜失眠，和菊花恋爱、结婚、生活，往事历历在目。"操你娘，我杀了你！"赵春恨死那王八蛋了。以他的身手杀死那王八蛋，易如反掌！但他不能这么做，这样做是犯法的。军人更应该遵法守法。

这天上午，胖乎乎的县委组织部周副部长来了。在苹果园的简易房里，周副部长拉着赵春的手，无限悲痛地说："真是闭门家中坐，祸从天上来呀。没想到老同学遭此大辱，想开点呀，想开点呀！"周副部长泪眼汪汪，赵春也流泪了。男儿有泪不轻弹，只是未到伤心处哇。怎么会是这个样子？怎么会是这个样子？朝气蓬勃、英气逼人、军事技术超群的"多国军队联合演习"英雄，解放军的军官不该受此大辱呀！苍天不公呀！！

"赵春，明年你转业回来，国税稽查局局长的位置还是你的。我说过的话算数。"分别时，周副部长撂下话。

这天中午，槐花来了。还是在苹果园的简易房里，槐花坐在赵春面前的小马扎上，从精致的手包里掏出一个信封来。

赵春接过信封，盯着槐花那迷人的眼睛，问："啥意思？"槐花闪动着美丽的大眼睛，平静地说："哥，别告了，私了吧。董董事长给咱两百万，这是现金支票。"

"什么？两百万？私了？不告他？"赵春呼地跳了起来，声音大得可怕，眼睛瞪得溜圆，脸涨成了紫色，"他欺负了你姐，欺负了我，欺负了咱们家，我恨不得千刀万剐了他。谁稀罕他的臭钱！"赵春把信封狠狠地摔在地上。

"哥，你……"槐花也站了起来，但她马上又坐下，双手蒙住脸嘤嘤地哭起来，"哥，董董事长犯了法，你应该告他。但你想没想，你告了，你报仇了，我姐怎么办？我姐肚里的孩子怎么办？……"

是啊，菊花怎么办？……

不知过了多久，赵春缓过神来。槐花还在抽泣。她双肩抖动，她真的很伤心。赵春捡起信封，塞进槐花的手包里，说："槐花，你走吧。你说这事，让我想想。这事别让我爹娘和弟弟、妹妹知道……"

下午，部队的权副政委和郭干事来了。还是在苹果园的简易房里，权副政委郑重宣布："一，菊花确实怀了孕，孩子的爹就是董董事长。董也承认。二，报不报案由赵春决定，俗话说'民不告，官不究'。三，县委组织部周副部长说，万安山集团公司是纳税大户，有工人两千。每年纳税一个多亿！……"临走时，权副政委轻轻拍了拍赵春的肩膀。

晚饭后，槐花又骑着那辆俏丽的红色电动车来了。她大大咧咧地坐在赵春屋里的写字台上，说："哥，我上午跟你说的，你想好了吗？"

"没，没。"两百万元人民币是不少，可以在县城买好几套房子，还是一级地段、一级环境、一级装修水平。但赵春不稀罕，他满脑子都是恨。他恨那个欺负了菊花

　　　　　　　　　　　　　　母亲的油饺子

的王八蛋，他坚决要依法惩治他。

槐花从写字台上跳下来，扑进赵春的怀里，声音颤抖地说："哥，咱们要了那两百万吧！把菊花让给董董事长吧？我跟你，我嫁给你！"槐花不由分说地把红嘟嘟的唇贴到了赵春的嘴上……

赵春一阵眩晕，他用力推开槐花，大声吼道："不中！"

九、不眠之夜

这天夜里，赵春彻底失眠了。赵春受过高等教育，在部队的大熔炉里锤炼过，但他是第一次遇到这么大的事。实事求是地说，菊花怀了董的孩子，全是董的错吗？菊花就没有错吗？如果菊花拼命地反抗，董还能得逞吗？这种事一个巴掌拍不响。当时，菊花同意了吗？反抗了没有？除非菊花丧失了反抗能力，被董灌酒了？如同自己被槐花灌醉了一样！

实事求是地讲，如果自己报案了，那王八蛋董事长坐牢无疑。法律之剑高悬着呢！……老同学的忧虑也不无道理——董事长进监狱了，他的公司垮了，两千工人失业了，县里一个多亿的财税收入飞了。唉……

"春，睡吧，鸡都叫一遍了。"门外传来娘苍老的声音。爹娘的屋里还亮着灯。爹娘和自己一样正发着愁受着折磨呢，自己不睡爹娘睡不下哩。"哥，给你一片安眠药吧。"弟弟、妹妹也没睡呢。该死的董混蛋，我抽你的筋，扒你的皮，枪毙你一千次！是你搅得我们一家人失眠。"好了，我睡了，你们也睡吧。"赵春大声应着，关了灯。赵春也想睡了，他吃了妹妹送的安眠片。

"喔喔喔——"大红公鸡的叫声把赵春弄醒了。这是第三遍鸡叫了。"睡不着就想吧，把这些事，一桩桩地想，一件件地捋吧。两利相衡取其重，两害相较取其轻……不告了！不告了！"赵春忍不住说出了声。

"不行！不行！不行！"赵春呼地坐了起来。

皎洁的月光泻进屋里，光线若明若暗。赵春挥着拳头咬牙切齿地说："不告，便宜那王八蛋了！欺负军人的妻子，太无法无天了！"一想到"军人"这两个字，赵春周身热血沸腾……

"向前，向前，向前，我们的队伍向太阳……"

"雄伟的井冈山，八一军旗红……"

"说打就打，说干就干……"

"日落西山红霞飞，战士打靶把营归……"

"学习雷锋好榜样……"

张思德、董存瑞、黄继光、雷锋等英雄人物——闪现在赵春的脑海。

还有自己的老班长。是他教会了赵春走正步、瞄准、射击、擒拿格斗，是他教会赵春用新式腰带。那是赵春

　　　　　　　　　　　　　母亲的油饺子

第一次穿军装，新式腰带不会用，在厕所急得大喊"班长，班长"。可亲可敬的老班长为参加太行山对抗演习，从医院逃了出来，最终牺牲在太行山上。

还有自己的老排长。在一次抗震救灾中，为救赵春没了一条腿。当时部队正在疏通通往震区的道路，赵春正在搬一块大石头。突然山上再次落石。"赵春快闪开！"老排长一脚踹在赵春的屁股上。赵春翻了个筋斗，嘴里骂道："日你娘，谁踢我屁股！"赵春的头、脸、膝盖擦伤了，可老排长的腿没了。

还有赵春的老部队长。拉练途中自己染上了出血热，因地处野外，急救药品一时运不过来。匆匆赶来的老部队长伸出胳膊说："抽我的血吧，我得过出血热，我的血里有抗体。"近50岁的人呀，一次抽了500毫升血呀，老头子在玩命呀。

还有自己的光屁股伙伴、战友大狗，为了营救小学生，他奋不顾身地跳入洪水中，被水浪卷走……
…………

想到这些，赵春的睡意全没了。他的脸发烧，身体发燥，心口隐隐作痛。和英雄们相比，和战友们相比，自己太渺小，太自私，太没有骨头了！

"告！告！告那狗娘养的！"赵春跳下床来大声喊。

军人岂能受欺负，国法岂能受玷污。

依法办事，依法治国——国家才能强盛，民族才能复兴。自己是军人，更应该维护国法的尊严。

两百万元支票当擦屁股纸去吧！菊花我不撵你，你愿走就走愿留就留吧。

王八蛋董事长，你竖起耳朵听着，请你接受国家法律的制裁吧！蹲大狱去吧！蹲个十年八年也不多！至于老同学县委组织部周副部长给董董事长当说客，原谅他吧。他为了两千工人不失业，县财政一个多亿的收入啊。至于槐花和岳父母也当了说客，也原谅他们吧，岳父母是为女儿。

"为革命献身的英雄们，为实现强军梦牺牲的战友们，请原谅赵春的犹豫、彷徨，一时的软蛋！不要耻笑赵春的私心私欲！赵春天明报案，明天归队！"赵春面对着晨曦，举起右拳，一如当年在党旗下宣誓……

十、法比天大

赵春乘上了去县城的第一班公交车。车上坐满了人，有的是去县城找活干，有的是去县农贸市场卖菜。赵春把座位让给了一位年逾花甲的老大爷。赵春昨晚没睡好，现在困意来了，他闭上了眼睛。当兵的，能一边行军一边睡觉。赵春睡着了，发出断断续续的鼾声，身体随着车子左右摇摆。

"吱——"，一个急刹车，赵春不备，身体重重摔在地上。

母亲的油饺子

"妈的，眼……"司机的骂声突然止住了。原来挡在公交车前面的是一辆黑色的奥迪小轿车，车门开了，从车上下来一位有气质有风度的老干部。他正是县委办公室退居二线的老主任，赵春的岳父，司机认得。

　　赵春的岳父冲车上喊："赵春在车上吗？"

　　赵春下了公交车，坐进了岳父的奥迪车。岳父黑着脸问坐在副驾驶位置上的赵春："你把槐花怎么啦？"

　　赵春黑着脸不作答，翁婿二人架着车径直来赵春家。

　　赵春家前堂屋里，木质转圈沙发上坐着赵春的爹娘弟妹，还坐着赵春的岳父岳母小姨子槐花。槐花没挨着她妈坐，而是偎在赵春娘的怀里，哭成了一个泪人。她怀孕了，是赵春的。赵春的岳父手指敲着茶几气呼呼地说："我就知道你小子一根筋！你肯定不管不顾去县公安局报案！早晨我起了个大五更来堵你，还是跑到你后头了！"

　　赵春坐在沙发边上。他手里拿着军帽，头上黄豆大的汗珠滚滚下落。自他听到槐花说："我有了。"他就傻了。

　　怎么那么巧呀！但世上的事，有时就是这么巧。无巧不成书嘛！

　　赵春的爹娘，一听说槐花有了，什么对亲家的不满了，什么槐花手段毒辣了，等等，全不计较了。

　　赵春现在就像被点了死穴！

　　赵春的丈母娘抽抽噎噎地对赵春说："春呀，你是军人，是共产党员，是多国联合演习英雄，我们都知道。

你正派、正直、疾恶如仇，坚持党的原则、军队的纪律，我们也知道。我们全家，不，两家人都应该向你学习。"赵春的丈母娘抽出一张餐巾纸捂住鼻子，响响地擤鼻子，"春呀，你应该知道，现在的情况糟糕透了！简直到了家灭人亡的地步！"丈母娘又抽出一张餐纸，捂住嘴，喀喀地吐痰，"春呀，我们命苦呀！养了两个不争气的女儿！老大不忠于你，老二对你使手段！还有那该天杀五雷轰的董董事长，他有家室，还勾引菊花！当然，我不护短，菊花也有责任，菊花也不是好闺女！"

"槐花也不是好闺女！"赵春的岳父指着女儿槐花，狠狠地说。

槐花满面羞红，她嗔怒地瞪了爸爸一眼，把脸藏在赵春娘的怀里。

"但是，如今老大怀了董董事长的孩子，老二怀了你的孩子！乱套了，乱套了，这怎么办，怎么办呀？"赵春的丈母娘咧开嘴哭了，"呜呜呜，呜呜呜！"

"别哭了！"赵春的岳父用拳头砸着茶几。他站起来，走到赵春爹的面前，鞠了一躬，说："哥，您比我年长几岁，我也不嫌丑了。我实打实地对您说，董董事长这是犯法了。咱春儿去举报他，他肯定蹲监狱！但是，你不知道，董董事长是我的学生，中学时我当过他的班主任。他和我家老大的事，他来找过我。我打了他几个耳光。我大发脾气：'你不想活了？你想蹲监狱哩？你不

　　　　　　　　　　　　母亲的油饺子

知道菊花是解放军军官赵春的妻子吗？'董董事长害怕了，浑身发抖，他擦着嘴角的血诺诺地说：'老师，我知道错了，但也晚了。我给您三百万，您把这事摆平吧！'摆平，怎么摆？"赵春的岳父挨着赵春爹坐下，握着赵春爹的手，说，"哥，我知道咱春儿的脾气。如果对春儿说，这三百万是董董事长给的，你不要告他了，你和菊花离婚吧，再找一个好闺女过吧！天下的好闺女多着哩！咱春儿肯定不同意！

　　"后来，我就想了一个办法，求十三棍僧武术学校和南天王武术学校的两位校长帮忙。这两位校长都是我的老朋友。我没想到咱春儿的纪律性如此强，他不要那一百万……"

　　赵春的岳母也站了起来，走到赵春娘的身边，挨着赵春娘坐下，摩挲着赵春娘的手，说："姐，咱春儿那金子般的心，那钢铁般的意志，感动了我，也感动了槐花！十万元年薪不要，一百万元奖金不要！现在去哪里找这样的小伙子呀！……

　　"槐花开始不同意，说那太下作了，太对不起她春哥了……

　　"我说，除此之外，你还有别的方法？没有吧？没有，你就得照我说的做。你若照我说的做了，董董事长给那三百万，你留一百万，那二百万给你春哥他们家……

　　"就这样，我和槐花设了一个局！这事槐花她爸不知道。他要知道肯定不同意。男人们都是认死理的。

"姐，我们娘儿俩，设的这个局，我认为是个好局……

"它使我大闺女能移民美国，一辈子不愁吃不愁穿不缺钱花！它使我二女儿有了归宿。我二女儿今年吃三十的饭了，在咱们县是真正的圣(剩)女了。她能靠在咱春儿这样的好小伙子的肩膀上过一辈子，这是她前世修来的福……"

"姐，您听清楚我说的话了吗？"赵春的丈母娘把赵春娘的手拉到自己的心口上，"姐，天地良心呀！我这样做，您也不吃亏呀……您马上就有二百万了，十个月后，您的白白胖胖的大孙子也来了……"

赵春的爹娘弟妹被征服了。大孙子是赵家的未来呀，是赵家日日盼月月盼的接班人哪，是赵家香火的延续呀。二百万元人民币，对于一个抠土挖泥种庄稼种苹果树的农民来说，那是天文数字。有了这二百万，就能在县城买两套一百多平方米的房子，能风风光光地把槐花娶进门，能给三妮子一份大大的厚厚的嫁妆……

赵春的爹娘弟妹把赵春包围了。赵春的爹把他那青筋隆起的粗糙大手放在赵春的头上，连声叹气："唉！唉！唉！……"

赵春的娘把怀里的槐花推到赵春的面前欲说又止……

　　　　　　　　　　　母亲的油饺子

赵春的弟弟赵夏把赵春的军官帽戴在脑袋上，摘下，又戴在脑袋上，又摘下……

"哎呀，大哥呀！你磨蹭个啥呀！你快答应叔叔阿姨吧！这事咱家不吃亏呀！"小妹妹三妮儿无所顾忌。

"住口！这并不是吃亏不吃亏的问题……"赵春呼地站起来，怒不可遏。

但当他看到爹娘弟妹还有岳父岳母槐花那种不解的悲哀的痛苦的眼神时，他把要说的话改为："你们别逼我了，让我好好想一想，这件事太曲折、太复杂，涉及的问题太多……"

第二天赵春归队了。他提前归队了。他必须提前归队。他要把家中发生的事认认真真、细细致致地向部队党组织、部队首长汇报。他离开家时，在写字台上留了一封信。信中主要写了三条：

一、我同意和菊花离婚；

二、我们不要董董事长那三百万；

三、董董事长犯法了，他必须受到法律的制裁。

唐山地震救人记

一

　　一九七六年，我作为军人"掺沙子"于天津人民出版社从事编辑工作，编《今朝》文学丛刊。七月二十八日凌晨，我正在梦中……

　　"嘎吱吱！"床剧烈地摇晃起来。我一骨碌下了床。东边天上一片红，还有"呜呜"的响音。

　　"不好！战争开始了！"我惊叫。

　　"不对！地震！"我对面床上的首长纠正道。首长是北京军区空军文化部部长，叫姜峻峰。他在出版社修改他的长篇小说《棋盘陀的故事》。

　　我摸着去开门。门已经变形拉不开了。我俩钻到写字台下。楼摇晃得厉害，写字台上的茶杯、笔筒，还有

44　　　　　　　　　　　　　　　　　　母亲的油饺子

昨晚我们买的大西瓜都滚落在地板上。停电了，晨曦的光透进来，室内若明若暗。姜部长捡起一块西瓜递给我："小李，吃西瓜。"这西瓜是准备去天津空军四六四医院看望他女儿的。昨晚天太闷热没去。

"救命呀！救命呀！"楼下传来女孩的尖叫声。

姜部长拉住我的手说："小李，走，咱们下去救人。咱们是当兵的啊！"

"是！"我们是解放军，救老百姓责无旁贷。

我俩晃晃摇摇地来到门前。姜部长说："小李，闪开！"他猛地一脚踹过去——门掉了。

我俩顺着楼梯摸索着下楼。我们住的这栋楼原是军阀张作霖的公馆，明清建筑。框架不是钢筋混凝土，而是方木、圆木，属于墙倒架不散的那种。

街上乱哄哄的，哭喊声、吆喝声、汽车喇叭声交织在一起。我隐约看到男人们光背、光腚，女人们用布块、报纸遮挡着身体，娃儿们一丝不挂。酷热天，凌晨四点，大家都在熟睡中啊。

"解放军！解放军！我爷爷在那里边呢！快救他呀！"一名少女扑过来拉住我们就往院内走。这是一家工厂的家属院，我们晚饭后散步来过这个院。那少女把我们拉到一座平房前说："我爷爷在里边呢！"

这座平房已经趴架了。我和姜部长顺着倾斜的屋门钻进去。姜部长大声喊："老乡，你在哪里？我们是解放军!"我也喊:"我们是解放军!"其实,我的两条腿还在发抖呢,我既紧张又害怕。在这之前,我连"地震"这词都很少听说,甭说经历过了。

"我在这里。"一个微弱的苍老的声音。

"小李,你拉住我的腰带,跟着我往里走。"姜部长是山东人,一九四六年参加革命。他打过仗,否则也会紧张的。我俩在废墟中前行。咦,我的右膝盖碰到了硬东西。呀,又一个尖东西扎进了我的左臀……

"脚下有坑,注意!"姜部长大声喊。

"小李,向左跨两步,我摸到老乡了!"姜部长欣喜地说。

"噢,是老乡。"我也摸到了一条腿。

"小李摸到床板了吗?把床板抬起来。"姜部长大声下达命令。

"摸到了。一,二,三!"我用力把床板抬起来。

"小李,咱们把老乡救出去!"姜部长又命令道。

"救我孙子!不要管我!救我孙子……"我背上的老人嚷道。

"你孙子在哪儿?"姜部长问。

"在东屋。"

"小李,你把老乡背出去,我去救小孩儿!"这时的姜部长一改文雅和蔼的军队文化干部的形象,绝对是硝烟弥漫炮声隆隆的战场上的指挥员。

　　　　　　　　　　母亲的油饺子

把老先生放在安全地带，我匆匆返回，姜部长还在屋内呢。余震在继续，街上更加混乱了。

"姜部长，您在哪儿？"屋内伸手不见五指。多亏我是打山洞的工程兵出身，对这样的环境司空见惯。凭声音我判断出姜部长在我的左前方，我摸索着爬过去。姜部长说："我已经找到小朋友了，在我怀里呢。可我的脚卡在地缝里了，不能动弹。"

我摸到了小孩儿，一丝不挂，胖胖的，也摸到了小孩的"小鸡鸡"。

"小李，再往下摸，把我的脚拔出来！"姜部长命令道。

"是！"我顺着姜部长的腿，摸到他的脚脖子。啊，原来是两根方木夹住了他的脚！

"姜部长，不是地缝是两根方木！您别动，我把方木挪开！"我使出了吃奶的劲，"一，二，三——"

不好，什么东西把我的腿划破了。好疼呀！

姜部长站了起来，我却坐在了地上，双手抱住了腿！

…………

一个月后，街道居委会敲锣打鼓给出版社送来感谢信。感谢地震中舍身救人的两位解放军。不用猜，就是姜部长和我。因为在出版社食堂里搭伙的，只有我和姜部长穿着军装。出版社领导说："把感谢信寄给他们各自的部队吧！”

“不用。这是我们军人应该做的！”正在和责任编辑讨论小说修改方案的姜部长起身敬礼。

“不用。”我也立正敬礼。

数年后谈及此事，我女儿说："两个书呆子！表扬信寄到部队，肯定一人一个三等功！退休多拿百分之五呢！"

二

出版社领导指示我，到唐山地震中心地带采访，写一篇纪实报告。

汽车驶入唐山市，我的心碎了，泪水不止一次地模糊了我的眼睛。地上到处是向外冒着黑水的裂缝，房屋塌了，人们蓬头垢面，不少人穿着用水泥袋子做成的"衣服"。我聪明的兄弟姊妹们呀，这样既遮了羞又不失文明！城市戒严了，各个路口都有荷枪实弹的解放军战士。他们有警卫的，有指挥交通的。指挥交通的解放军战士手拿红色和绿色的旗子，不停地吹哨子挥动旗子。稍不注意，交通就堵塞了。数不清的军车、民车，车上载着伤员或救灾物资。哪个司机不着急？救灾物资早到灾民手中一分钟，灾民就少受一分钟的苦。伤员晚一分钟到医院，就有可能离开这个世界。我们的解放军战士是特殊材料制成的。他们以前从没有指挥过交通，但今天他们确能保障整个唐山市通行无阻！他们把能力和智慧发挥到了极致！他们的领章、帽徽和心都是红的！

出版社领导令我来唐山采访，是有意安排的。因为我所在的连队正在唐山市中心救灾。下了汽车，步行了一个多小时，我来到连队驻地。战友们正在搜寻废墟下的被困者。我向指导员敬礼："报告指导员，战士李希信归队！"指导员满脸煤尘还有血迹："回来得正是时候，立即投入战斗！"

战士们正在营救一对母子，这对母子被困在十多米深的废墟下。顺着凿开的倾斜45度的导洞，我看到小孩儿一丝不挂地趴在母亲身上，小手乱抓，小脚乱蹬，小嘴乱拱，显然是饿了。从发现这对母子到挖导洞、扩洞，已经过去三个多小时了。开始还能听到小孩儿的哭声，后来就听不到了。

部队长张德坤亲临现场督战，这位第四野战军的老兵指挥经验丰富。他趴在洞口仔细地观察，然后说："导洞五米处再扩宽，把那根钢筋橛子割掉！速度要快！"

天气酷热，钻导洞下去救人，是个艰巨的任务。战友们你看看我，我看看你，炊事班战士雷华祥浑身像筛糠一样抖动！部队长张德坤大声说："谁下去把这母子俩救上来！"

"我——雷华祥下去——"雷华祥大吼一声站了出

来。

雷华祥，贵州兵，没文化，人长得又小又瘦。刚才他还浑身筛糠呢。新兵分连队时，连首长之所以让他去喂猪，也是担心他进坑道施工扛不动风钻。

"你……"部队长疑惑地望着他。

指导员走过来："报告部队长，小雷同志可以。别看他又瘦又小，爬树爬山全连第一呢！"

部队长点头同意了。

战友们把一根绳子系在雷华祥腰间，指导员叮嘱道："小雷，不要紧张，现在不会有余震。听我指挥，下去先救小孩儿，后救大人！"别看我们连队参加救援任务才两天，已积累了一定的救人经验。

"保证完成任务！"雷华祥敬了一个标准的军礼。

雷华祥很快到达母子二人的身边。

他先把小孩儿抱起来。小孩儿"哇"地哭起来，声音很响亮。雷华祥用自己的衣服把小孩儿裹起来，又用绳子把自己和小孩儿绑在一起。

"我上了！"雷华祥喊。

战友们使劲向上拉。雷华祥手脚并用，很快从洞里爬了出来。

战友们急忙解开雷华祥身上的绳子，抱起小孩儿。小孩儿咧嘴笑了。噫，还有俩酒窝呢！

雷华祥接过部队长递过来的水壶，一扬脖子"咕咚

　　　　　　　　　母亲的油饺子

咕咚"一壶水下了肚，转身又下了导洞。

女人还有气息。雷华祥摸她的颈动脉时，她的头动了。女人的个头儿、体重超过了雷华祥。雷华祥把自己的上衣脱下来，反穿在女人身上，说："大嫂，别害怕。解放军救你来了。"

女人的头又动了一下。

"个头儿这么大，又这么沉，怎么弄？"雷华祥自言自语。

"小雷，把你身上的绳子解下来，绑住老乡。我们把她拉上来！"指导员大声喊。

雷华祥说："不行呀，指导员。大嫂没有知觉了，她不配合，你们拉不上去。"

"小雷，不要着急。你再好好想想，一定会有办法的！"部队长鼓励道。

"华祥，和救小娃儿时一样，把大嫂和你绑在一起。我们把你拉上来！"我大声喊。

"不行呀，大作家！大嫂个子太大，导洞太窄，我俩绑在一起，我的手脚就不起作用了。导洞是斜的，没有手脚配合是上不去的！"雷华祥说。

一排长说："大嫂在你身前，影响你的手脚，那就把大嫂固定在你的背上！"

"我俩叠在一起，不知道导洞的直径够不够……"雷华祥自言自语。

"不行，直径不够！"雷华祥计算后说。工程兵这点儿眼力还是有的。

"咦！咦！咦！"大地摇晃起来，余震来了。

"雷华祥，快上来！"

"快上来，雷华祥！"

部队长、指导员、一排长、班长等所有人大声喊道。

大家都清楚，导洞随时会坍塌，雷华祥有被埋在里面的危险。

"呜——呜——""轰隆！轰隆！"余震更强烈了。

"雷华祥，快上来！"我们大喊。

雷华祥没有应声，他吃力地把大嫂抱在怀里，迅速用绳子把自己和大嫂绑在一起。他抱起大嫂挪步到导洞边，把自己的背贴在倾斜的导洞底部，大声喊："拉——"

部队长的眼睛大了。指导员的手抖动着。我的泪水夺眶而出！雷华祥把自己的背当作托板，这托板要承受两个人的重量！托板之下，不是光溜溜的墙壁，而是有无数碎砖瓦、钢筋头的洞壁。

"拉——"雷华祥又喊，声嘶力竭。

"拉——"部队长下命令。

大嫂得救了。救护车载着大嫂呼啸而去。

雷华祥昏迷过去了。他背上全是血，白衬衣成了条条，每条布都被血染红了……

救护车送大嫂去医院还未转回，由我和卫生员来处理雷华祥背上的伤口。

雷华祥醒了，第一句话："大嫂呢？"

"雷华祥同志，我代表全体战友向你致敬，给你敬礼！并授予你三等功！"部队长眼含热泪。

指导员、排长、班长及所有在场的战友向雷华祥敬礼！那是标准的解放军军礼啊！

事后，我采访雷华祥，你猜雷华祥怎么说？他平静地说："我阿爹说见死不救一场大罪！何况我还穿着军装，戴着红领章、红帽徽呢！"

"祝贺你立功了！"我说。

雷华祥笑了："三等功我也需要。在我们县，人民功臣是要安排工作的，不用像我爹一样种一辈子地了！"

三

今日我随九班一起执行任务。九班是尖刀班，施工和军事训练均为全连第一。我们的任务是从一个旅馆内往外背死人。那是地震后第七天，说什么好呢？地动山摇，旅馆内的旅客争先恐后地向外跑，但旅馆的大门紧锁着！门楼塌了，他们被压在水泥预制板下，无一生还。

我们人手一个特制的白色塑料袋。这塑料袋直径二尺，长六尺，是专门用来装遇难者遗体的。我们排着队撑开塑料袋，班长、副班长负责把遇难者的遗体装进塑料袋。轮到我了，班长说："大作家，你行吗？你背得动吗？"背人是重体力活，对于天天进坑道的战士们来说不算一回事，但对于我可就是件难事了！"行！"此时此刻我能说不行吗？我还是不是解放军战士？

"把塑料袋的口撑圆！"班长把一位遇难者的遗体装进我撑开的塑料袋，而后又把袋口扎好，"转身，上背，走！"

天真热，太阳真毒，还没风。班长的脸上全是汗。绿头苍蝇在他身边飞来飞去，有的毫不客气地落在他身上。绿色的军用自卸车，我们称翻斗车，停在马路边上。我们把遇难者的遗体背到翻斗车旁，司机和我们一起大喊"一——二——三"……

旅馆距翻斗车三百多米。战友们能一鼓作气把遇难者的遗体送进车斗里。我不行。我背着遇难者的遗体走了不到二百米，口发干，心发慌，眼发黑。我必须坐下来喘口气。透过白色塑料袋，我发现我背的是位女中学生。她的身体已经变形腐烂了，她那血迹斑斑的校服上印着"第一高级中学"的字样。我的心一揪一揪地疼："唉！可恶的地震呀！你眨眼间就剥夺了一位活泼可爱的女中学生的生命！你知道她的父母亲人得到噩耗时，会是怎样的悲痛欲绝？"

我背的第二位遇难者是县化肥厂的销售科长。他手腕上戴着上海牌手表，口袋里装着介绍信和购货合同，

　　　　　　　　　　　　母亲的油饺子

还有二百多元现金。班长说："大作家，这位大哥块大，让别人背吧！"我说："不用！"副班长指着我的腿说："小李，你受伤了？"我低头看。咦，我的小腿上都是血！哦，不是新伤，是旧伤崩裂了。那是断钢筋头剐的，伤口有四寸多长，结痂几天了。我笑笑："没事，是老伤！"班长凑近看，说："别说没事，必须包扎。卫生员——"连部卫生员细心地给我清洗伤口消毒包扎。我背着大块头，向翻斗车冲去。冲了一百米，我就上气不接下气，头晕，眼发黑！班长说对了，我背这位大块头力所不能及！"歇会儿，歇会儿！"我给自己下命令。喘气之余，我的眼睛又不由自主地停留在白色塑料袋上。袋子里的大块头兄弟，你是个有能力的人，我佩服你！你能签下五车皮的计划外煤炭，我打心底佩服你！我知道你是县办化肥厂的。有了这五车皮计划外煤炭，你们厂就可以加足马力生产。你们县的农民就有化肥用了……

操你妈的地震，你真是个大恶魔！我如果是老天爷，要枪毙你一千次！

我背的第三位遇难者，是位抗日老军人。他洗得发白的旧军装衣兜里的介绍信写得明明白白：河北泊头人，一九三九年参加革命，今来唐山烈士陵园祭祀战友。说老实话，我的体力已经严重透支。必须承认，我离开连队已经半年了，体力大不如天天扛风钻、水泥、砂石的战友们。这次我出丑了……

太阳像个烧红的大铁球，烤得人脸生疼。空气湿度极大，没有一丝风。我背着抗日老军人，一步一步向前挪。我必须像前两次那样，停下来喘口气，但我不能停下来。如果我停下来，就再没有力气把抗日老军人弄到背上了。入伍前我和爹上山割草，爹挑一百五十斤，我挑一百二十斤。爹说担子只要上了肩，只能换肩不能下肩，下了肩你就起不来了。该死的伤口突然疼起来，又出血了。伤口呀，你真不争气，早不疼晚不疼，偏偏这时候疼！我咬着牙瞪着眼弓着腰背着老革命，向着目的地一步一步地挪……

下定决心，不怕牺牲，排除万难，去争取胜利。我默诵着伟大领袖毛主席的话。

我有劲了，迈开步子……咦咦，我脚下一滑，接着就什么也不知道了……

醒过来的时候，我躺在班长的怀里。班长正用湿毛巾擦着我的额头、脸、脖子、前胸，口中还喃喃说道："臭作家，臭知识分子，你逞什么能呀！"满脸青春痘的副班长正撑着塑料袋大声喊："快把老军人的遗体放进来。"原来我摔倒了，塑料袋烂了，抗日老军人的遗体落在了地上。"用你的毛巾把他的头包好！慢，把我的军帽摘下来，给他戴上！""副班长，这是老军人的军功章！"军功章别在老军人军装的内侧。副班长愣住了。我也挣扎着站起来。这三枚军功章，在阳光下闪着灿烂的光芒。

　　　　　　　　　　　　母亲的油饺子

这三枚军功章，一枚是晋察冀军区颁发的抗日勋章，一枚是第三野战军颁发的渡江战役勋章，一枚是朝鲜人民军司令金日成将军颁发的二级勋章……

四

今天，连首长特意安排我参加治安巡逻。我们一行三人荷枪实弹，在废墟之间穿来穿去。地方上的管理机构还没有完全恢复，整座城市暂由军队监管，各军各师各团各营连都有自己的驻防区。军管其实很简单，连队的帐篷搭建在这块儿，周边就是该连的军管区。老百姓若有事找我们，我们要积极解决。解决不了，上报指挥所！我们管理的重心在治安、公共秩序上。仅我们连就派出了三个治安巡逻小组。我们迈着军人的步幅，不用喊"一二一"，也走得整齐划一，我们的帽徽、领章在阳光下熠熠闪光。不少灾民向我们竖大拇指，也有报告情况的："解放军同志，那边楼下还有人哩！""解放军同志，那边有人打架！""解放军同志，有人抢馒头！"我们用报话机将这些情况一一报告给指挥所。指挥所会马上派人去处理。

"解放军同志，解放军同志！"一位仅穿着裤头、满脸是血的老汉跌跌撞撞向我们奔来，"刚才有五个人抢了我们的馒头、咸菜和衣服，还把我老伴我闺女……"

下边的话老汉没说出来，可我们全明白了。组长嘟地从腰间拔出手枪，向我俩一挥："走！"

我们来到老乡的临时住所。两个一丝不挂的女人偎在一起，浑身颤抖着。见此情景，我有点不知所措。组长大声喝道："愣什么？快把衣服脱了给老乡！"

"是！"我们迅速脱下上衣。

少女把衣服紧紧地抱在胸前，老妇人不断向我们表达谢意。

组长问老汉："老乡，坏蛋朝哪个方向去了？"

老汉把头伸出窝棚，手一指："那不，在菜地里呢！"

左边三百米处，是一片绿油油的菜地。菜地中间坐着五个人。他们的头一摇一晃一仰一俯，看样子是在吃馒头、喝水呢。

"走！"组长猫着腰率先向坏蛋们扑过去。

我和小周紧跟着组长。小周是连里的通信员，长得可好看了。他胸前挂着小型报话机。

"解放军来了，快跑！"尽管我们把军装送给了老乡，但他们还是认出了我们。可能是闪着寒光的刺刀暴露了我们的身份。

坏蛋跑，我们追。一前一后，一百米的距离。不，八十米了。

组长边跑边下命令："小周，快把情况报告指挥所，请求支援！"

"是！"小周打开报话机，"一号一号！我们发现坏

　　　　　　　　母亲的油饺子

蛋！我们正在追捕！我们在大山东北方向……"

距坏蛋们只有六十米了。组长大声喊："站住！站住！再不站住就开枪了！"

这五个坏蛋肯定是监狱里逃出来的犯人，他们光着头，穿着囚服。"开枪吧，你们这些熊兵，得有那个本事哩！又不是从战场上下来的神枪手！"坏蛋们讥讽我们。

"不给你们点厉害，还真不知道马王爷三只眼呢！组长，开枪吧，打他们的腿！"我嚷道。组长是我们团的神枪手，参加过部队大比武，拿过名次。他的远程靶、闪光靶、移动靶都是十环呢。

组长说："再追近点，五四手枪的射程有限。"

噫！目标消失了，五个坏蛋都没了！

我们追近一看，眼前是一条沟，五个坏蛋下沟了。沟底有片村庄，不，现在是废墟了。我们三个也哧溜下了沟，呈扇形向前搜索。村子里狼藉一片，断壁残垣污水倒树。没有人，估计人都逃生了。我们搜索了半个多小时，没有发现那五个坏蛋。组长说："这样搜寻等于大海捞针，任何一片废墟一面墙都能藏住他们。咱们要发扬我军的优良传统，展开政治攻势！来，咱们一起喊：'里面的人听着，我们是中国人民解放军。你们不是我们的对手，你们出来吧！'"

我们一连喊了几遍，没有动静。我说："组长，给他们亮亮你的手段！"我用手指着前边的杨树。杨树高耸入云，树冠上有只灰呱呱鸟在叫。

组长朝灰呱呱放了一枪。

"组长，他们出来了！"通信员小周喊。

远处沟口，几个人影闪动。

"追！"组长带着我们扑了过去。

距离越来越近，坏蛋们的形象越来越清楚，两个大个子、两个中等个子、一个小个子。

"抓住他们！必须抓住他们！老罪加新罪，十恶不赦！"组长咬牙切齿地说。

"站住！站住！再不站住就开枪了！"我与小周异口同声。

"咦咦咦！我怎么啦？"组长脚步踉跄，"扑通"一声倒下了。

"组长的低血糖犯了！"小周说。

组长早上没吃饭，他把压缩饼干给了一个孩子。

"组长，给你压缩饼干，快吃！"我说。

"组长，水！"小周拧开水壶盖子送到组长嘴边。

一两分钟后，组长睁开了眼。他深吸一口气，晃晃脑袋："把步枪给我！"

"啊？"

"把步枪给我！"组长语气坚定。

我把半自动步枪递过去。

组长挣扎着："扶住我，扶住我！奶奶的，这胳膊怎么这样没劲！"

"小周，到我前边来！用肩膀托住我的枪！"

叭！叭！叭！叭！叭！五声清脆的半自动步枪的枪声……

五

我不迷信，但我胆小。夜里醒来，我失眠了。这几天我见到的遇难者太多了，他们总是在我的眼前浮现。"班长，我想上厕所！"我不敢一个人去外面。

"胆小鬼！"班长戏谑我，"还大作家呢，还人类灵魂工程师呢！走，我和你一块去。"

我拉着班长的手出了帐篷。

"嘟嘟嘟！"一阵急促的哨声。全连紧急集合。

紧急集合，我们从当新兵时就开始练了。我们摸黑穿衣、打背包、枪上肩，五分钟足矣！

"立正——各排报数——"值班排长大声喊。

"一排到齐！""二排到齐！""三排到齐！""……"

"全体集合完毕，请指示！"值班排长向连长报告。

"稍息！"连长还礼。

"立正——"连长语气严肃低沉，"目标飞机场！距离十公里！时间五十九分钟！任务戒严！"

"一排先锋！四排收容！出发！"

"沙沙沙！"队伍如一条长龙迅速向前冲去。十公里、五十九分钟，这是急行军的速度啊！

　　月亮西沉，繁星满天。树林中偶尔有老鸹飞起，大路上有田鼠夺路而逃。

　　"跟上！"连长下达命令。

　　"跟上！""跟上！""跟上！"战友们一个接一个地往下传。

　　我随一排行动。开始我跑得还很有劲。慢慢地，我体力不支了，浑身是汗，步子慢了下来。

　　"大作家，把你的枪给我！"一班长不由分说地把我的半自动步枪抢了过去。

　　"大作家，把你的背包给我！"一班副也来抢我的背包。

　　我无负重了，但还是上气不接下气。我真想蹲下来喘几口气。该死的"掺沙子"！我若不去出版社"掺沙子"六个月，我的体能就不会下降。二十分钟，我曾跑下过五千米呢。

　　连长低头看看表，又下命令："后传，还有一半路程，还有二十三分钟！加速！"

　　"还有一半路程，还有二十三分钟！加速！"战友们一一后传。

　　队伍一加速就乱了。有的冲到了前边，有的落到了后边。

　　　　　　　　　　　　　　　　　母亲的油饺子

我参加过团轮训队训练。早上跑一万米，队长领头，收容队、救护车跟在后面。如果你跑趴下了，收容队就会把你抬进救护车里。

十分钟过后，经过大浪淘沙，我们的队伍变得泾渭分明。我和几位战友成了"沙子"，成了收容队的"客人"！收容队队长也就是四排长告诉我："今天中央首长要来灾区视察，我们连要尽快进驻机场，确保首长的安全！"

这天的收容队没有救护车，但有十几个大个子战友。我和几位掉队者，分别上了几个大个子战友的背！我们中最瘦的也比一袋沙子重，大个子战友们背着我们跑一段，也要歇一歇。但军情似火，不容你歇，那就换人吧。换人的场景十分壮观：感谢声、争夺声、谦让声、喘息声交汇在一起，好一幅感人的景象！

东方出现了鱼肚白，机场到了。这是空军的军用机场。

连长一挥手，大喊一声："冲啊！"

战士们迅即占领了机场的各个哨位、要地！只用了十分钟，整个机场就被我们连控制了，一只麻雀也别想飞进来。

谢天谢地，收容队终于赶到了。

"班长，放我下来！"我喊道，"别让空军战友笑话我。"

我因身份特殊，随连长进了塔台。连长向塔台空军值班首长敬礼："报告首长，我们奉命驻守机场！"

"知道了。"一位瘦小的鬓有白发的军人还礼。事后我得知他是空六军的政委。唐山地震后他亲自坐镇塔台指挥，平均三分钟一个架次，没有出现一起飞行事故。

红日东升，中央首长的专机到了，我和连长随各部队首长、地方干部前往迎接。第一位下飞机的中央首长胖胖的，第二位下飞机的中央首长头上裹着白羊肚手巾，第三位下飞机的中央首长是位军人……

胖首长哭了。

裹白羊肚手巾的首长哭了。

军人首长哭了。

…………

我也哭了。

我想挤到前面去，和中央首长们握握手。连长制止了我。当时若有相机，我一定会拍下这动人的画面！

四十年过去了，我老了，好多事都忘了，但唐山大地震中我们部队救人的事我没忘。

母亲的油饺子

闪闪的军功章

一

昨夜，李信又失眠了。李信的左胳膊、右腿留在了老山，他还年轻，不想在白马荣军养老院等死，他以养老金做担保借了荣军养老院五十万元回乡承包了村办企业——万安山石料厂。开工三个月，出货一百万，但货款没要回来——工地结算中心的主任出远门了。没有结算单，自然不能拿到货款。可老兵李信的石料厂没周转资金了。别看这只是一个四五十人的小企业，每天的花费可不小。饭钱，电钱，汽油柴油钱，炸药雷管钱，锯石机、粉碎机、装载机、运输车的维修钱，等等。而且这是高危行业，少不了有人受伤。因此，李信借来的五十万元用完了，更可忧的是春节将至。

春节是中华民族的传统节日，也是集中花钱的时候。人们忙乎了一年，该休息休息了。吃点好的、穿点新的，走走亲戚、串串朋友，逛逛商场、赶赶庙会，哪样都得花钱。

机场工地结算中心的郑主任去省里学习了，郑主任怎么能在这个时间点出去学习呢？春节前是工地集中结算货款的时间，可这需郑主任签字呀。

李信是侦察兵出身，五年军龄的老侦察兵。他一定能找到解决办法的。

天麻麻黑，路灯亮了，忙碌了一天的人们该回家吃晚饭了。李信蹲在东升大院西侧的竹林边，瞪大眼睛盯着进出大院的人。李信费了九牛二虎之力打听到了郑主任家的住址，但没打听到具体的楼号单元号门牌号。要想逮住郑主任，他必须蹲坑，军事术语叫隐蔽侦察。一个小时过去了，月亮爬上了东楼顶，东升大院一共进去139人，出来111人，还进去29只狗，出来11只猫，以及3只迈着方步的耗子，但就是没见着郑主任。月移东南，又一个小时过去了，居民大院又进去88人，出来29人……咦，李信有点儿饿了，肚子咕咕叫。来的时候，为了赶点，他只在厂食堂里胡乱吃了几口。他摸摸衣兜里没吃的，摸摸随身携带的挎包，也没吃的，里面只有一瓶矿泉水。平常他出远门都会带一些吃的，尤其是压缩饼干，虽然在老山蹲猫儿洞时都吃恶心了，但这已形成了习惯。李信记得前几天他还在挎包里放了一袋压缩饼干呢，怎么没有了呢？对面一箭之地的小超市灯火通明，面包、饼干、火腿、方便面都会有，但李信不能去呀，那就脱岗了。唉，忍着吧！在老山蹲猫儿洞，后勤供不上，饿一顿两顿是常有的！喝口水吧，水也能充饥哩！这水比老山的水还干净哩！李信取出矿泉水拧瓶盖喝水，眼睛始终没离开大院的门……

月亮上头顶了，小广场的舞会散场了，打太极拳的老人们也散了。李信还是没见着郑主任。莫非郑主任真的在省里学习？李信心生疑惑。再等一会儿吧，城里人都是夜猫子，夜生活丰富，吃饭、跳舞、唱歌……业务需要嘛！

"抓小偷呀！抓小偷呀！"大院内突然传来喊声。李信转过头，向大门内望去。只见一个人向着大门跑来，后边紧跟着两个人。甫问，前边跑的肯定是小偷。小偷离自己越来越近，李信没多想，一扬手把手中的矿泉水瓶掷了过去。那瓶内还有多半瓶水呢。

矿泉水瓶不偏不倚正中小偷的头，多半瓶矿泉水全都浇在小偷的脑袋上……

老山战斗英雄又立功了。掷手榴弹，李信全连第一。

警察来了，居民们都下楼看热闹。李信在派出所写了证词，郭所长送他出派出所时问："人民功臣，这么晚了，您来我们辖区串门？"李信简明扼要地说明了来意。

郭所长哈哈大笑："他们哄您哩，前天、昨天、今天我都看见郑主任了！"

二

第二天，老兵李信去了机场工地结算中心。一名妖艳的女结算员说郑主任在省里学习哩。李信说郑主任大前天、前天、昨天都在洛州哩。女结算员说今早又走了。很明显是在撒谎，钱在人家手里呢，人家明目张胆地撒谎，你又能怎么样？李信回到厂里，开了一个骨干会。参加会议的有父母、大哥大嫂、二哥二嫂、小妹小妹夫、大炮工张虎、厨娘赛貂蝉。李信是军人出身，习惯集思广益，这仗怎么打，这山头怎么攻……

"送礼，给郑主任送点礼，意思意思！"

"请郑主任吃饭、跳舞、唱歌！"

"叫咱镇的头牌美女红牡丹去陪他！"

"知道他家了，还不好弄！"

"……"

综合大家的意见，李信决定给郑主任送礼。

送礼，古来有之。十根油条十个油角满满一篮子，三斤五斤猪肋条肉，两包糖果点心，五元十元二十元红纸包着，老百姓送老百姓就是这些礼。但送郑主任不行，李信要求人家办事，当然要送大礼。送什么呢？送钱，送多少呢？最少也得一百张"大团结"！可李信现在根本拿不出一千元，他只好去白马荣军养老院找老连长。老连长犹豫着："你小子要注意哟，你这是行贿，一千元可是检察院立案的标准哟！"李信苦笑："没有办法，豁上了，只要能要回货款让工人们过个好年，顾不了那么多了！"

又是天黑时分，李信来到东升大院，仍蹲在大院西侧的竹林边。不过，他今天不是盯着进去的人而是盯着出来的人。他已经打听到郑主任住在一号楼二单元四楼西户。李信和郑主任不熟，如果直接把钱给郑主任，郑主任肯定不收。因此，他要等到郑主任去歌舞厅跳舞后送给他的家人。

郑主任打着饱嗝剔着牙出来了。李信腋下夹着一本《老山战斗英雄事迹选编》进了大院，书里第十篇介绍的就是他的事迹，九百九十元人民币在这一页夹着呢。检察院的立案标准是一千元，李信只送九百九十元，心眼鬼着哩。笃笃笃，李信叩门。开门的是一名浓眉大眼苹果脸脖子里系着红领巾的少先队员。"叔叔，您找谁？"少先队员警惕性很高，没有开外面的防盗门。隔着防盗门李信看到郑主任的家刚装修过，灯光雪亮，墙壁雪白，真皮沙发、电视、音响一应俱全。"叔叔，您是来找我爸爸妈妈的吧，他们不在家！"少先队员忽闪着大眼睛。李信把手中的书举起来："噢，不在家没关系，我是给你爸爸送书的……"

李信感觉脸有点儿发烧，堂堂中国人民解放军二等功臣，这办的是什么事呀，把脑袋扎到裤裆里还要再涂上两把灰！嗨，不想这个了，只要能把货款要回来，丢多大的人也值！韩信还受过胯下之辱呢。

第二天李信来到机场工地指挥部。他坐在结算中心的沙发上静静等着。拿人钱财替人消灾，郑主任收了他九百九十元，字他肯定会签。收礼不办事，那还是人吗？李信心想：一会儿，拿到签了字的结算单，马上就去税务所开发票。开好发票当即返回工地指挥部，去财务室结账。这样，货款最迟后天就能到账，大后天，也就是腊月二十六，工人们就能揣上工钱，去镇上赶会购年货了。

李信把心放进了肚子里，一会儿眯瞪着了。

"哪个叫李信？"一个人大声喊道。

"到！"李信应声站起来。

"我们是机场工程指挥部纪检组的，你跟我们到办公室来！"两个面色冰冷、语言冰冷的小伙子站在李信面前。

纪检办公室是临建房，在机场工程指挥部的最西端。房间大约有二十平方米，墙上挂着"坦白从宽，抗拒从严""悬崖勒马，回头是岸"的条幅。两位脸色冰冷的纪检干部坐在高条桌的后面，李信坐在对面的凳子上。

"姓名？"

"李信。"

"性别？"

"男。"

"职务？"

"万安山石材石料有限公司董事长兼总经理。"

"知道为什么请你到这里来吗？"

"不知道。"

瓦刀脸纪检干部举起一本书晃晃："认真回忆回忆！"

那本书，正是昨晚李信送给郑主任的《老山战斗英雄事迹选编》。

李信的脑袋嗡嗡作响。真是撞见鬼了，世上竟然还有这样的人！送钱不收，可以把钱退回来嘛！常言道："伸手不打送礼人！"退一万步讲，你也不能把钱上缴纪检组呀……

"李信！"

"到！"

团团脸纪检干部来到李信面前，拍着李信的肩膀说："我们研究了一下，虽然你行贿的数额距立案标准还差十元，但如果移交给了检察院反贪局，他们也会立案。我们知道你是人民功臣，也知道你行贿的目的，因此决定不移交给检察院反贪局。"

"这本书还给你吧……"

九百九十元人民币还在书里夹着呢，一分也不少。

离开纪检组，李信如堕五里雾中。

三

回到石料厂，李信再次召开骨干会。"噫，大炮工张虎呢？"会开了一半，李信发现张虎未到。有人说看见大炮工带着二炮工、三炮工下山了。"他们一准去洛州了！"厨娘赛貂蝉柳春枝说，她是四川人，说话声音响亮。"他们去洛州干什么？"李信一惊。大炮工张虎是李信的老战友，也参加过自卫还击战，和李信一个班，是真真正正的战友。

那场战斗中，一颗炮弹呼啸而来。"张虎趴下！"侦察班班长李信大吼一声扑在张虎身上。"李信，保护好数据！"侦察排排长大喊着压在李信身上。炮弹爆炸了，李信的左胳膊、右腿没了，排长的命没了，侦察兵张虎完好无损。

后来，张虎被调至军区工兵团，学得一手爆破技术，复员后在市里国企任技术员。得知李信承包了万安山石料厂，他毅然决然辞去公职投奔老班长，担任大炮工，还带出了两个徒弟。张虎脾气火暴，去年因打伤工友，在看守所里关了六个月……

柳春枝走过来，附在李信耳边神神秘秘地说："他们去收拾郑大混蛋，替你出气哩！我看见他们往腰里缠大麻袋了！"

"你说什么？"李信听见"腰里缠大麻袋"这六个字，如头顶响了六声炸雷。他知道张虎去干啥了。

张虎曾多次说："谁办缺德事，就把谁装到麻袋里，扔到山上冻一夜，教教他如何做人！"

李信把桌子拍得山响："这不是添乱吗？你们快去把他们截回来！他们这是犯法！不，还是我去吧！"

去洛州的路有两条，一条路大货车太多，另一条路要经过洪水河。后者比前者短一半路程，但过洪水河上的漫水桥是个技术活。漫水桥的桥面高出河床一米左右，没有桥墩子，钢筋水泥桥身直接坐落在河床上，桥宽两米多。洪水河上游建有水库，平时水不大，清清的河水拍打着桥面，人们步行、骑自行车、驾驶小轿车过桥，那是一幅美丽的水墨画。但现在是冬灌期，上游水库放水，洪水河涨水了，河水变浑浊了，水面高出桥面二十余厘米，行人、自行车过桥有难度了，机动车可以过。但考验司机的技术呢，稍不留神就歪到河里了。李信在部队受过专业训练，多复杂的路况他都走过。过这漫水桥，那是张飞吃豆芽——小菜一碟。只要身体坐正，双手稳操方向盘，眼睛盯住对面岸上的那棵皂角树就行了！洪水河宽约三百米，黄水滚滚而下，受漫水桥阻拦，翻出朵朵浪花。此刻，一些胆大的人正准备涉水过桥。"让开，让开！让车先过！"李信开着残疾人专用车来到河边。李信端坐驾驶室内，双手稳操方向盘，眼睛盯着对岸的皂角树。

车在漫水桥上直线稳步行驶，李信集中精力盯着目标，一点也不敢马虎呀！

李信的右胳膊有些酸疼。李信的左胳膊是假肢，驾驶车辆全靠右手。

李信的眼睛也有些酸疼。

李信踩住刹车，要休息一下眼睛，休息一下右手。

"兵哥，加油呀！"

"人民功臣，加油呀！"

"李厂长，加油呀！"

李信回头一看，我的娘哟，他的车后面跟了长长一队人。他们手拉着手，脖上挂着两只鞋。还有十多辆自行车跟在人群后面。李信禁不住笑了，老乡们太精了！这些人中肯定有认识自己的，不然人家怎么叫他"兵哥""人民功臣""厂长"？这是对我的信任呀！一股热血涌上李信的心头。李信松了刹车，精神抖擞地驾车向前行驶……他觉得自己又变成了一名解放军战士，正带领老乡们穿越敌人的封锁线哩。

"啪啪啪！"前头响起热烈的掌声。

啊，到西岸了。鼓掌的是西岸要过河的老乡。

"人民功臣，再辛苦一趟，把俺们带到东岸吧？"

　　　　　　　　　　　　　母亲的油饺子

人群中一个退休干部模样的老者跨前一步说。

"兵哥哥，再当一回雷锋吧。俺要去上学呢。"一位头上扎着蝴蝶结的女孩说。

"李厂长，俺求您了。俺急着去买药救命，不然俺也不冒这个险！"

李信犯难了。

按理说李信应该速去追赶张虎三人，阻止他们惹祸。虽说郑主任做事缺德，但咱也不能去报复呀。你们去收拾他，就犯法了。

可李信又不忍心丢下乡亲们不管，他是人民功臣哪……

李信权衡再三，决定还是先去追赶张虎三人，这是人命关天的大事啊。"老乡们，"李信下车给老乡们敬礼，"不是我不带你们过河，我确实有天大的事……"

"扑通！"一个大婶给李信跪下了，"解放军同志，您救救俺们吧。俺闺女在医院手术呢，俺去照顾哩！"

李信还能说什么呢，什么也不说了。他只能先把老乡们带过河，再去追赶张虎他们。他掉转车头大声说："老乡们，走！"

车又上了漫水桥。李信全神贯注地驾着车，缓缓向东岸驶去。红日从乌云中跳出来，金色的光芒洒在水面上，浪花朵朵耀眼，但李信不敢分神，他肩上的责任太重了……

谢天谢地，终于到了东岸。李信摇下车窗大声说："老乡们，再见！"

李信掉转车头正要上漫水桥，眼前突然一黑，晕了过去。车子也因失去控制，发生了侧翻。李信是个残疾人，几天来精神一直高度紧张，加之今天两过漫水桥，体力严重透支……

"李厂长！"

"兵哥哥！"

"人民功臣！"

老乡们扑上来，合力把李信的车翻过来，打开车门，把李信拖出来。退休干部模样的老者掐着李信的人中……

"老，老乡们……"李信声音微弱，"快打电话到派出所，告诉郭所长，快派人到市里的东升大院，截住张虎，他要收拾郑主任……"

四

李信要账失败的事工人们都知道了。他们没有埋怨李信，他们知道李信已经尽力了。但他们也知道，年前拿到工资的希望没了。工人们下山了，他们要想办法弄钱哩。没有钱怎么能行，家里的老人、孩子可都盼着他们拿钱回家过年哩。

石料厂现在只剩下两个人，一个是厨娘赛貂蝉柳春枝，一个是躺在床上思考问题的李信。有人说，李信的身子骨是用特殊材料制成的。这话不假，这不，两大碗鸡蛋面，外加一个长达二十四小时的觉，李信的身体就恢复了七八成。老爹老娘批评他不该多管闲事，不该保护坏蛋郑主任。李信表面上接受批评，心里嘀咕道：我没做错，谁在那种情况下都会带老乡们过桥的。而阻止张虎三人修理郑坏蛋，做得百分之百对。郑主任是混蛋，但如果张虎他们把他绑架了，那就是犯法，会受到法律制裁。

"唉，错也好，对也好，过去了，就不说了。现在最重要的是想法让郑主任把字签了……"李信坐起身来，距离春节还有五天，如果再不给工人们发工资，就天塌地陷了……

"吱——"门轻轻地开了，柳春枝走了进来。她双手捧着一个粗瓷海碗，碗里盛着黄澄澄的小米粥，粥里还漂着几颗红枣。"大兄弟，睡醒了，您这一觉睡得可真长。来，喝碗小米红枣汤，补补气力。这事可难为您了，不要说您，就是胳膊腿齐全的人也得累趴下……"柳春枝的四川话煞是好听，表情更是妩媚动人：红唇一翕一张，水汪汪的大眼睛一闪一闪。身上的香气，直扑李信而来。李信一阵烦躁，心跳加快。但李信有自知之明……

李信接过粗瓷海碗，咕咚咕咚一气喝完，连枣核都吃进了肚子里。他抹抹嘴巴说："谢谢嫂子！"

李信接着思考问题：

郑主任是个什么样的人？威武不能屈，贫贱不能移，富贵不能淫的大丈夫？不对，单看他家里的装饰，就知道他不是这样的人！他贪不贪色？天天晚上外出跳舞，仅仅是锻炼身体吗？男人谁不贪权、贪钱、贪色，百分之九十九的男人抵御不了糖衣炮弹的袭击。

李信继续想：

用钱征服郑主任，事实证明不管用！用权征服郑主任，自己没有让郑主任高升的能力！

用色？李信打了一个寒噤。

李信坐累了，他睁开眼，准备起来活动活动。咦，柳春枝怎么还在这里？柳春枝正坐在他的办公椅上，缝补他外衣上的口子呢。

李信大脑一闪：让柳春枝去……等事做到一半……自己突然闯进去……妙，妙啊！

不成不成！堂堂中国人民解放军战士、人民功臣，怎么能用下三滥的招数呢？更主要的是，排长在弥留之际的嘱托："李信，你一定要活着回去……你春枝嫂子和侄子侄女就交给你了……"李信没有忘记排长的重托，回乡承包石料厂后，他立马奔赴四川把排长的妻子柳春枝和一双儿女都接了过来……

李信又陷入苦恼之中，春节眨眼就到了呀……

商场如战场啊，李信嘴里嘟哝着。对于战场李信再

熟悉不过，炮声隆隆，硝烟弥漫，杀声震天……

　　既然商场如战场，那就不能对郑主任客气！你对他客气，石料厂的工人就没钱过年，石料厂就得完蛋，你也得完蛋……

　　商场如战场，郑主任既然是敌人，那就只能是他死我活了。李信心里有了一个大胆的想法。

　　"春枝嫂！"李信的一双眼睛睁圆了，额上的青筋直跳，"我李信做回王司徒，你做回真貂蝉如何？"《三国演义》，李信不知看了多少遍。

　　话说出口，李信又否定了自己的想法，我李信不能这样做！春枝嫂是个好女人。她来到石料厂不愿吃闲饭，主动去食堂操劳。怎能让她去做那种事？排长在天上看着哩……

　　"大兄弟，你在想什么呢？肯定是在想要账的事吧？能不能给嫂子说说？嫂子虽说是乡下女人，但也不是呆头鹅呀……"柳春枝低头咬断线头，笑盈盈地走过来，把衣服盖在李信的腿上，而后侧身坐在床沿上。

　　"嫂子，排长嫂子……"李信泪如泉涌，泣不成声。男儿有泪不轻弹，只是未到伤心处。"兄弟，大兄弟，别哭，别哭呀！"柳春枝掏出手帕递过去。

　　"呜呜呜……"李信禁不住大放悲声。

　　"兄弟，大兄弟，把你的事儿说说吧，也许我能帮上忙哩！"柳春枝拉住李信的手，轻轻地拍着。

车子载着柳春枝飞驰在县乡公路上。柳春枝一脸严肃地说："大兄弟，你求我，我不能拒绝，也没办法拒绝。但我担心我演不好，我没有貂蝉的本事。万一演砸了咋办？万一……万一，郑主任占了我的便宜咋办？"

　　"好嫂子，郑坏蛋要真敢做坏事，你就大声喊，我在门外盯着哩。"李信一边开车一边说。

　　"你安排得周密，我信。你是侦察兵嘛。你们排长也是侦察兵，他说你是他的得意门生呢。但是你不要忘了，我是女人呀！"柳春枝的底气有点儿不足。

　　"好嫂子，你要相信自己，你不比貂蝉差。厂里多少人打你主意，你不都麻溜地应对了嘛！"李信说的是事实，柳春枝应对那些馋猫无赖确实有一套，谈笑风生嬉笑怒骂，既不吃亏又不得罪他们。

　　"说是那样说，但地方不一样呀，那是在咱厂里，这可是KTV呀……"柳春枝不说话了。她心里像是吊着十五桶水，七上八下的……

　　前边一片灯海，洛州到了。柳春枝突然跳下车，大声说："兄弟，嫂子要说一件事，这件事嫂子在心里想了很久了！"

　　"什么事？"李信一惊，问。

　　"要你娶了我，要你做小龙小凤的爹！"柳春枝咬着牙，一字一句地说。

　　李信早就知道柳春枝的心思，老爹老娘也同意这门亲事，他们特别喜欢在镇实验学校读书的小龙小凤。但李信不能同意——他不能干对不起排长的事……

"兄弟，你同意不同意？不同意我就走了！"柳春枝转身就往回走。柳春枝喜欢李信。李信没有忘记老排长的重托，千里迢迢把娘儿仨接来，是个有情有义的男人。跟这样的男人过一辈子，值！

"好嫂子，你这不是难为我吗？"李信拉住柳春枝的胳膊。

柳春枝挣脱李信的手，红着脸噘着嘴说："你不要我，我就不去！"

红日西沉，暮色苍茫。李信凝神闭目思考了几分钟，说："嫂子，我答应你！"

柳春枝飞奔过来扑到李信身上，火热滚烫的唇在李信额上响响地亲了一口！

车又前进了，李信的心不能平静下来。春枝嫂子，我不能对不起排长。好嫂子，对不住您了！除了这一回，我李信这辈子再也不会欺骗你了……

市里的舞厅就是豪华。一层是个大舞池，灯光绚丽，舞曲优雅动听。二层是KTV包间，里面有红毯铺地的小舞池。

李信点了一杯饮料，悠闲地喝着。他告诉柳春枝：郑主任正在舞池里呢，那个大个子就是，他正揽着一个半老徐娘跳探戈呢。柳春枝一进舞厅便一石激起千层浪，一位着白衬衣、打红领带的英俊小伙抢步过来："小姐，请——"

柳春枝中学时代是学校舞蹈队队长，去县里参加过比赛，拿过名次。柳春枝随着悠扬的舞曲欢快地跳着，每逢与郑主任转到一起，她都会对着郑主任莞尔一笑。第三曲结束，郑主任上钩了。第四支舞曲还未响起，郑主任就迫不及待地走过来，伸出手："小姐，请赏光！"柳春枝与郑主任跳得十分尽兴，一曲结束，柳春枝冲二楼努努嘴，甜甜地说："大哥，歌唱得也不错吧？"

柳春枝与郑主任双双进了二层的包间。按照计划，李信也跟随着来到二层，在距离包间最近的一张休闲椅上坐下来，手里仍端着那杯饮料。李信闭着眼睛，侧耳倾听。包间传来三步、四步、探戈的舞曲，跳了一会儿舞，二人又唱起歌来，《树上的鸟儿成双对》《九九艳阳天》《血染的风采》……

郑主任玩得十分尽兴，但没有过分行为。

五

李信又开骨干会。柳春枝向众人汇报了她的经历："……我没有偷懒呀，可尽力了。"柳春枝红着脸，"郑主任不是那种人，人家根本不动手呀……"办公室里很静，大家都沉默了。郑主任究竟是怎样的人呀，送钱不收，把钱上缴纪检部门；美人投怀送抱，他动情不动手。自古英雄难过美人关，难道他赛得过大英雄？

"这郑主任嫌咱送的钱少呗！"李信的老爹拨拉着光秃秃的脑袋说，"日本投降的第二年，有个逃荒人冻死在咱家的红薯地边上了，县长派人把你大爷爷抓走了。你爷爷东拼西凑了五十个银圆送给县长，但县长说人命关天，命人把钱送了回来。你爷爷知道他嫌少，第三天又送了一百五十个银圆……"

"噫，现在也有这种人哩！"小妹夫站起来说，"我大哥是县输送带厂的业务员，他去西州矿务局开拓市场，送钱到总工家。总工给他打电话，'把钱拿走，否则我就上缴纪委！'我大哥急忙返回西州矿务局，把钱拿了回来。回厂里后，业务科长说我大哥，'傻蛋，他嫌你送的少，把你送的钱数乘以四，再去送！'嘿，还是科长厉害，第三天合同就签了！"

"说不准，郑主任还真是这样的人呢！"大哥李山赞同。

"不像，春枝那样漂亮，人家都不要哩！"二哥李水持反对意见。

柳春枝瞪了李水一眼："甭拿我说事。也许人家识破了咱们的招数哩！"

李信闭目沉思。爹和妹夫说得不无道理，弄不好郑主任真是嫌咱送少了！关健是，检察院的立案标准是一千元，送多了触犯法律了呀！

众人说话间，来了几个工人，打听何时发工资。工人们说，自己也是没办法，领不到工资过不去年，说着说着掉起了泪。李信慌了："我这就去要钱！"

李信转身问会计："账上还有五千元钱吗？"

会计摇头。

小妹夫说："俺爹有五千元钱哩。"

"那就给郑主任送五千元，进监狱就进监狱吧！只要工人们能过个好年……人要凭良心，不能让工人们过不去年……"

"嘀嘀——"大路上传来汽车喇叭声。

几辆车停在石料厂大门前。郑主任和妖艳的工地结算员一起走下车来，郑主任说："李厂长——人民功臣——我们来找您结算货款——"

郑主任拱手说："乡亲们，知道了石料厂的难处后，今天一大早我就去银行提了钱。我这就和李厂长结算……"

女结算员指着车说："领导知道结算晚了，年货价格上涨了，专门给大家送来一些过年用的物品……"

后来，李信与郑主任成了朋友。一次相聚，两人都喝高了，郑主任闪着大舌头说："人民功臣，您不是要送我五千元钱吗，我若还不收，你还有招数吗？"

李信把杯中酒一饮而尽，瞪着眼说："我亲自带张虎他们，把你装进麻袋，扔到万安山上冻几夜！你不让我们活了，我也不客气了！再说，你也不是干净人！你们家的客厅里挂着张海的字、王成喜的梅花哩！"

　　"张海的字、王成喜的梅花……"郑主任压低声音，"那是我老泰山仿的……"

"中校"商海记事

"总不能你四个哥哥都死了，你独活着！"

部队又要精减，解放军中校李锡的单位也在其中。当不成将军了，那就去《中原日报》当编辑，天天和媳妇双出双入报社也挺好的。但人算不如天算——李锡老家的万安山石子厂遭灾了。石子厂积压了五万方石子。石子仓库满了，溢到两边红薯地里；红薯地满了，溢到山路上……

这石子厂是李家所开，李锡的大哥李金是法定代表人。李锡兄弟五个，李金、李银、李铜、李铁、李锡，四个是股东，唯小五李锡不是——解放军军官，政策不允许嘛！不是李金经营无方，而是不可抗拒的外因所致——这五万方石子原是给省钼业公司准备的。省钼业公司要在万安山东麓建一座大吨位钼矿。建矿负责人是李金的内弟。但国家政策有变，新钼矿项目下马了。五万方石子堆在山上，难保今年夏季山洪不会暴发——若山洪暴发，洪水会毫不客气地把石子冲到万安河里。二百多万元人民币呀！大哥李金急得要跳崖，二哥李银要悬梁，三哥李铜抑郁了，四哥李铁天天醉烂如泥。石子厂完了，家也完了。八旬老母下达了死命令："别去当编辑了，帮你几个哥哥卖石子吧。总不能你四个哥哥都死了，你独活着！"

离"六一"还有八十九天，李锡来北京十一天了。李锡知道销售石子的游戏规则：一要石子质量达标，二要人际关系到位，三要好处费兑现。青色大理石石子杂质少、硬度大，一般都达标。李锡家的石子厂已开办六年了，从未出现过质量问题。至于人际关系嘛……与普通的工人、农民相比，李锡这位中国人民解放军中校，算是富农或地主！大哥李金告诉他："钼矿下软蛋了，咱们这里又有了一个新的石子市场。北京燕山水电集团要在伏牛江上修建一座蓄水兼发电的大水库。投资百多亿呢。这是你嫂子的弟弟说的，但他不认识人家的领导。"

李锡在北京拜访的第一位战友叫宫放，现在是新华社记者。宫放是大学生入伍，李锡带了他一年，是他的班长。那次国防坑道施工，宫放正撅着屁股挥镐清炮口，他头顶上一块牛样大的石头摇摇欲坠，李锡大喊一声"宫放"，飞起一脚踹在他的屁股上。宫放翻了个跟头，捡了条命。按约，李锡下午六点半准时到了燕山大酒店三十三层的旋转餐厅。宫放请李锡。宫放说："不是老班长那一脚，我现在正给阎王爷站岗呢！"宫放的夫人小巧标致，比李锡的编辑夫人漂亮两倍。吃着小宫夫妇给夹的不知名的西洋菜，喝着千元一瓶的"人头马"，看着落地窗外的北京夜景，李锡感觉爽极了。李锡想：当年我也应该和宫放一同脱军装进新华社。我的文字功底不比宫放差，但我想当将军。新华社可不是一般的机构，国内没有新华社记者到不了的地方，采访不到的人。各省各自治区各直辖市召开党政会议，都通知当地新华社分社的记者参加。但是，听李锡谈起这次来北京的目的，宫放面有难色："老班长，你这事，我办不了！不是我接触不到燕山水电的董事长、总经理，而是我们社里明确规定：新华社记者不准参与任何经济活动……"一桶冷水当头浇下，李锡愣住了，好长时间才缓过神来。他能说什么呢，说宫放不够意思，忘恩负义？显然不妥。人家新华社都明文规定了！况且今晚的餐费都是弟妹刷的卡，发票上开的是她的名字……

　　李锡找的第二位战友叫冼东风，在某部委办公厅工作，是位处级干部。李锡觉得他有能力帮自已。冼东风是李锡接的兵，他在部队的入党、立功、上军校，李锡均是推动者。严格地说，李锡是冼东风的伯乐。但冼东

　　　　　　　　　　　　　　　　　　母亲的油饺子

风的话使李锡哭不得笑不得："老班长呀，这个帮你销石子的事，我不能干。我知道没有你就没有我今天的一切，不是我没有能力帮你，而是我现在正处在上升阶段。老主任年龄到了，新主任候选人有我。中纪委、中办有文件，公务员不准染指工商业……"分手时他塞给李锡一张银行卡，含泪说："这上边有一万元钱，密码是咱老部队的番号。算是我对你家遭遇困难的一点小小帮助吧……"

李锡找的第三位战友叫冬瓜，和李锡一个县不一个乡。他俩是同年同月同日的兵，新兵连上下铺。那时冬瓜可笨了，体形真像冬瓜，说话慢半拍。新兵发的腰带他不会用，在厕所里喊："李锡哥，我解不开裤带，要拉到裤子里了！"但这小子天资好，肯用脑子。在部队几年长了文化，长了思想，长了语言表达能力，长了吃苦耐劳精神。几年后，他提出复员回地方。兹后数年他俩天各一方，各忙各的，也断了联系。一次战友聚会，李锡才知道他常驻北京，是万安山地区驻京办主任。这些年冬瓜乘改革开放春风发达了，存款千万，还步入政界。驻京办主任，社会活动家呀，公共关系专家呀。李锡请冬瓜主任吃饭，酒足饭饱后，冬瓜主任拍着自己凸起的肥硕的肚子说："听说虎王是你的老表，给我弄两幅虎王的《虎吼》画儿。你那五万方石子我包了！"但这事没办成。虎王现在变了，只认钱不认人。他说："表哥，我两幅《虎吼》画儿四十万元，你掏三十二万元吧。不开发票！"好精明的画家老表呀！李锡从哪里弄三十二万元呢？他的转业安置费早被夫人卡住了。要买房子呢。

李锡找的第四位战友叫陈雪，是一位将军的女儿。他俩都是集团军业余体工队的。陈雪乒乓球打得非常好，全集团军只有李锡能跟上她的点，做她的陪练。他俩曾获大军区乒乓球男女混合双打第一名。找不找陈雪帮忙，李锡犹豫过。因为当年李锡伤害过陈雪。由于乒乓球友的关系，李锡成了陈雪家的常客。李锡身高一米八，算得上仪表堂堂。陈雪的爸爸是集团军的副军长，老将军很喜欢李锡。将军夫人给李锡提亲时，李锡婉言拒绝了。李锡从来没有往这方面想过。李锡的母亲、哥哥、战友劝过李锡。李锡说："她长得丑！"这以后他俩虽然还是球友，但关系疏远了。再以后，她结婚了，李锡送她一尊用牡丹石雕成的牡丹花。李锡结婚时陈雪送了两床南充绸缎被面。李锡从陈雪的眼睛里感觉到——她恨他！

昨晚李锡做了一个噩梦：万安山大雨如注，山洪暴发，五万方石子眨眼间流入万安河，在河下游形成堰塞湖淹了两岸说不清的庄稼。大哥李金跳万安山崖头自杀了，二哥李银悬梁上吊了，三哥李铜疯了，四哥李铁酒精中毒了！八旬老母双膝跪地用头撞地："老天爷，不公平呀！"

什么狗屁自尊？什么狗屁脸面？只要能救我一家人，受胯下之辱也无妨！李锡决定去拜访陈雪。陈雪的丈夫

　　　　　　　　　　　　　　　母亲的油饺子

是市国资委副主任。县官不如现管，他管着燕山水电的领导呢！陈雪住在西山总参干休所里，她爸爸已经离休了，住兵团级休养楼。李锡已是第三天第三次等在干休所门口了。李锡想等陈雪出来，面对面，她总不会说不认识自己吧？然而第一天、第二天，陈雪真的没出来。李锡问哨兵。哨兵说周一还看见陈教官买菜了。哨兵还说前天昨天我都看见您了，您找陈教官有事吧？我给您打个电话吧，她挺和气的。"不不不！"李锡连声谢绝。不是他不想打电话，而是李锡担心陈雪记仇不见他。变天了，起风了，飘雪花了。这时在李锡老家小麦已返青，桃红柳绿，但北京还没停暖气呢。李锡站在干休所前的老国槐树下，啃着冷面包冷火腿，喝着冷矿泉水，身体禁不住颤抖起来。

"李锡，冻坏了吧？"一件军呢大衣披在李锡肩上。

"雪，陈雪，我，我……"李锡惊慌失措语无伦次。

"我知道你是来找我的。我恨你，故意不出来见你。但今天太冷了！"他们进了将军休养楼。陈雪接着说："前天你来了，昨天你又来了，站在我家阳台上正好可以看见干休所大门……爸爸，李锡看您来了！"

老首长老了，坐轮椅了。老首长还认识李锡："小李，谢谢你来看我。当初你拒绝我丫头，我老太婆说你不知天高地厚，要我脱了你的军装，断了你的前程。我不同意。我丫头也不同意！哈哈哈！"

中午，保姆把饭端了上来。一荤一素一汤，老首长挺朴素的。陈雪知道李锡的爱好，专门做了一道香椿炒鸡蛋。席间，李锡说明了来意。老首长用筷子敲着盘子说："你的事，丫头能办！"还是老将军痛快。

　　饭毕，老将军到卧室休息了。陈雪笑吟吟地说："李锡，到我闺房里参观参观。"

　　陈雪的闺房布置得相当雅致。天蓝色的墙壁、天花板，棕黄色地毯，别致的梳妆台、榻榻米。数不清的亮晶晶的小星星。小星星在眨眼呢。

　　"砰！"陈雪关上了门。

　　"李锡，你必须给我道歉！你不喜欢我，我没什么好说的。但你为什么说我丑？"陈雪转过身来，面对着李锡。

　　李锡无言以对，他低头垂手，双腿微微抖动……

　　"李锡，我恨你！我真想抽你一百个大嘴巴！"陈雪前跨一步。

　　陈雪的脸距李锡的脸只有三十厘米，她愤怒的喘气声直扑过来。李锡把下巴向上翘了翘，闭上了眼睛，心说打吧，抽一千个耳光都行！说你长得丑是我的错，但婚姻不是儿戏呀！两大滴泪水从李锡的眼睛里溢出。这是忏悔的泪还是委屈的泪，李锡说不清楚。

　　"呜呜呜！"陈雪突然哭起来。李锡睁开眼，看见陈雪蹲在地上，双手捂着脸，双肩耸动，哭得很伤心。

　　　　　　　　　　　　　　　　母亲的油饺子

"李锡，我真的那么丑吗？你就不能说一句，我长得漂亮吗？"

"李锡，你能抱抱我吗？"

…………

李锡没有抱陈雪。李锡不能抱。李锡知道这一抱就四海翻腾云水怒，五洲震荡风雷激了，两个家庭的安定团结就没了……

李锡手里还有最后一个关系。李锡的老营长现在是北京燕山建筑公司的老总。燕山水电，燕山建筑，同属一个系统，肯定认识。老营长听了李锡的汇报，哈哈大笑："你这个新兵蛋子，应该先来找我呀！这水电的老总我还真认识，不过不是哥们儿。我联系一下，明晚到泰山大酒店喝两杯！话说明处，给你办事，费用是你的！"

"服从命令！"李锡一个标准的军礼，"但是，我也知道潜规则！"李锡又补充道。"别扯淡了。咱俩可是在国防坑道里玩过命的生死战友！你要给老子回扣，老子就不管你这淡闲事了！哈哈哈！"老营长放声大笑。

泰山大酒店和燕山大酒店同属五星级酒店，风格却不一样。这家酒店是南方特色，亭台楼榭，曲水流觞，小桥美女，琴音《高山流水》不绝于耳。步入皇帝餐厅的甬道，鲜花罩顶，红毡铺地，两个班的美女分列两边。她们红衣长裙，闭月羞花，沉鱼落雁。"先生好！"她们含情脉脉地施万福。皇帝餐厅名不虚传，装修得真如皇宫一般：九龙，九柱，九宫灯，九宫娥。宫娥是真人。李锡和老营长坐下片刻，燕山水电董事长兼总经理就到了。这老总是名牌大学的研究生、高级工程师，四十出头，西装革履，风流倜傥。入席后，两位老总推杯换盏，高谈阔论。从北京谈到全国，从中国谈到东南亚市场、非洲市场。真是行家、专家呀，李锡由衷地佩服。末了，老营长把李锡推到水电老总身边，讲了李锡的事。对方盯着李锡看了片刻，说："你是解放军中校军官？你立了一个二等功、两个三等功？你经常有文章见报，还有军事论文获奖？好，你的事情我记下了。前提是，你的石子质量必须合格！"

"谢谢老总！"李锡举手敬礼。

结账时李锡的心被针扎了一下，8888元呀！

"这会儿，你爹是公安部部长，也不中！"

李锡家在中屯村西头儿。李家老大李金带着弟弟们开石子厂赚钱了，把村里的臭水坑填平，在上面建了一处大四合院。还给村里建了一处健身场，配置了健身器材，算是和村委会的交换吧。新建的四合院是新式风格，四周是钢筋混凝土浇灌的二层小楼，南楼、北楼、东楼、

　　　　　　　　　　　　　母亲的油饺子

西楼连接在一起。院南端有大门，北端有后门儿，都是可以进小汽车的大铁门。院子中间是半亩大的敞地，种有桃树、梨树、香椿树，还有几畦油菜，那是李锡八旬老娘的杰作。一张特制的牡丹石石桌支在桃树下，石桌如兵乓球台那么大，桌子周围摆有十二只圆葫芦形工艺石墩儿。院子中间还有三个招惹人眼的大玻璃鱼缸。推开李家的大铁门，你会以为进了花园。每年的三四月，桃花盛开，梨花放白，油菜花金黄金黄的，蜜蜂在花丛中忙碌着。大玻璃鱼缸里的金鱼自由自在地畅游着，大嘴一张一合的……

此时，李金、李银、李铜、李铁兄弟四个正围坐在石桌旁，他们正在研究如何调集车辆，把石子运到燕山水电的工地去。供应合同已签，价格不算理想，但量大、合算。石桌上牡丹石雕刻的茶壶、茶杯冒着热气，散发着一股股清冽冽的信阳毛尖味儿。

"李家老大，你们听着！我们是山南县十狗！燕山水电工地的石子儿你们不要供了！我们山南县十狗石子有限公司要供！"

"大哥，你听！"瘦高个子的男人李家老四李铁，站了起来。

"嗯？"李家老大李金也听到大门外的吵吵声。

"李家老大，你们听着！我们是山南县十狗，燕山水电工地的石子你们不要供了！我们山南县十狗石子有限公司要供……"

　　李金听清楚了，起身去开门。老二老三老四也跟了上来。十狗是山南县有名的地痞流氓，老百姓叫他们"黑社会"。他们十人是叔伯兄弟，名字是他们的爷爷起的，叫大楼、二楼、三楼、四楼……他们也开石子厂数年了。他们每人有一辆北京产的吉普车，他们每人养了一条大狼狗。他们出门办事儿，大狼狗就坐在副驾驶的位置上，龇牙咧嘴、吐舌头，挺瘆人的。老百姓不喜欢他们，于是就把他们名字中的"楼"改成了"狗"。李家兄弟对他们早有耳闻，但没见过面，没打过交道。因为不是一个县的，中间隔着万安山呢。这回，燕山水电的工程在两县交界处，两家运输石子的半径差不多。

　　李家兄弟还没走到大门口，大铁门就被撞开了。十个秃瓢儿男人牵着十条大狼狗闯了进来。这十个秃瓢儿男人都是一米八几的大块头儿。他们的秃瓢脑袋泛着青光，双眼闪着凶光。他们的胳膊和胸前有黑色文身，文的是狼狗的头。十个凶神恶煞般的大块头围住了李家四兄弟。十条狼狗张着大嘴、吐着舌头蹲坐在主人的腿旁，喉咙里发出呼呼的声音。来客中一个年岁较大的说："你们是李家兄弟吧？我们来的目的，你们知道了吧？识相点儿，燕山水电工地的石子儿你们不要供了！"这人是大狗，十狗公司的法定代表人。

"这，这……"李金一时没有反应过来。

"啰唆个屁！"大狗把手中的狗链子一抖。

"汪！汪！汪！"十条狼狗一齐吼叫着扑向李家兄弟。若不是有铁链子拴着，这十条畜生就大开杀戒了。

"有事好商量！有事好商量！"李金开石子厂数年，虽然见多识广，但从没见过这种阵势，他的腿颤抖了。兄弟四个紧紧地挤在一起……

"老大，我们说清楚了，先把他们家抄了再说！我馋他们家的柿饼了！"十狗中最年轻的一个说。

"对。齐天大圣到此一游，给他们留个记号。"

…………

此时，李锡正驾驶着轿车往家赶。母亲有白内障，他们去县医院瞧医生。医生说不严重，秋后手术。唔，到家了。李锡搀着老母亲推开大铁门，李锡惊呆了：桃树、梨树都被折断了，桃花、梨花散落一地。大玻璃鱼缸碎了，十几条胖胖的金鱼横尸在地上。母亲种的油菜被踩踏得东倒西歪。墙上挂着的一串串圆圆的红红的柿饼被扯得东边仨西边俩……

"这是怎么了？"母亲大声嚷着，身体失去了平衡，如不是李锡搀着就倒在地上了。在石桌边儿生气伤心的李金、李银、李铜、李铁迎了上来，扶母亲坐下。

"大哥……"李锡看着李金。

李金把半个小时前发生的事说了一遍！

李锡的脸由红变白，由白变青："他娘的，欺人太甚！"他拿出相机把院里的凄惨景象拍了下来。然后，转过身来咬牙切齿地说："大哥、二哥、三哥、四哥，掂上钢钎跟我走！"

老母睁开了眼："上哪儿？"她了解自己的儿子。

李锡说："鹰嘴峪！"

母亲颤巍巍地站起来，挥着手说："去吧！当年你爷爷就是在那儿揍小日本的！"

鹰嘴峪是山北县通往山南县的一处隘口。民国时代，这里只是一条五尺宽的崎岖山路。骡马驴驮着山南县的柿饼、核桃、白果、栗子、毛皮、猴头等，由此路流到山北县。山北县的小麦、玉米、大米、黄豆、棉花、棉籽油、布匹等，由此路流到山南县。鹰嘴峪两边是高山，峪底有一条1公里长的山路，该路如今是县道的一部分。十狗开着吉普车，必须走省道转县道，有200公里路程呢。李锡兄弟走小路，一个小时就够了。去年集团军在此搞对抗演习，李锡参加了。李锡熟悉这一带的地形地物，带一个连设伏鹰嘴峪，拦截蓝军的装甲车队。兄弟五个都是山里长大的，走山路如履平地，五十分钟后到了鹰嘴峪的东山上。

李锡说："哥哥们，你们要听我指挥。咱哥五个分成三摊。峪北口一摊，大哥三哥负责。峪南口一摊，二哥四哥负责。中间归我。咱们用钢钎撬石头，一摊二十块够了吧？我这耳朵受过训练，能辨出一公里内各种汽车的行驶声。等混蛋们进了北峪口，哥哥们把石块统统放下山，把混蛋们堵死在这里！"

"好，好计谋！"李家兄弟摩拳擦掌。

李锡用钢钎撬了二十块牛头石，擦把汗，喘口气，把耳朵贴在一面大镜面石上。不一会儿，他听到了吉普车轮胎蹭地的声音。他站起来大声喊："哥哥们，做好准备。混蛋们来了！"几分钟后，十辆吉普车风驰电掣般冲进了北峪口。十狗们一边飞车一边打喇叭，耀武扬威呢！

"哥哥们，放山石喽——"看见最后一辆车进了北峪口，李锡大声喊。

轰隆隆！轰隆隆！几十块石头跳跃着蹦蹦着歌唱着滚下山来。石块大部分落在路面上，少部分落在路边的排水沟里。

十狗们刹住车，一齐跳下车来。峪谷两头尘土飞扬，他们明白了，峪口落山石了。山上石头常年遭风吹日晒雨淋，落石是常见的。但南北峪口同时落石……"老二，老十，你们去前后峪口看看！"大狗下达命令。大狗是家族老大，也是企业领导。

"大哥，不好了！北口路面上有滚山石，一大堆呢！"

"南口路面上也有滚山石，好大一片！"

"倒霉！他娘的，真倒霉！"大狗跳着脚，"走，咱们去把南口的石块挪开！"

十狗发动车前往南峪口。

"扑通！"山上突然又飞下来一块大石头，落在大狗吉普车前五米远的地方。

"好险！"大狗急刹车跳下来。

其他兄弟也停车前来。

二狗、三狗跑过去弯腰抬石块，他们要把石块扔到路边的排水沟里。

"扑通！"又一块石头落下来。这块石头距前一块石头又是五米远。

"嘿，怪了！"四狗、五狗也跑过去，他们要把第二块落石扔到排水沟里。

"扑通！"第三块石头又飞下来了，这块石头落点距第二块石头又是五米远。

"山南县十狗，你们不用忙乎了，你们出不去了！"李锡冲山下喊。

"啊？"十狗一齐抬头往山上看。

李锡站在一块大石头上，手拄钢钎大声说："山南县十狗你们听着，我是山北县李家老五李锡。你们走不了了！你们砸了我家，毁了我家的桃树、梨树、油菜地，还砸烂了我家的金鱼缸，抢了我家的柿饼，气坏了我的八旬老母，你们还要夺我们的石子销售市场！你们太可

母亲的油饺子

恶了！真是十恶不赦！你们不要忘了，当年我爷爷李大山就是在这里，领着中屯村的人，用石头干掉了一个班的日本鬼子！日本鬼子也是抢了我们家、我们村……"

"爷呀！""爹呀！""娘呀！"十狗乱作一团。他们清楚自己的处境：前后出口都被堵住了，人、狗、车只有挨砸的份儿。车毁人亡狗死是分分钟钟的事！

大狗年龄大经事多，他跨前一步对李锡说："李家老五，我知道你，你虽是解放军中校军官，但你不能把我们怎么样。我小姨夫是省公安厅副厅长，他比你官大！"

"这会儿，你爹是公安部部长，也不中！'人不犯我，我不犯人；人若犯我，我必犯人'！"李锡弯腰搬起一块石头，用眼睛看了看，在心里算了算，向左跨几步，把石头顺着小榆树方向抛了出去。

"扑通！"这块石头正好落在大狗的面前。大狗大吃一惊，后跳两步。大狗的狼狗吓瘫了，几次挣扎都站不起来，嘴里呜呜地哀叫着。

大狗胆怯了，大狗没主意了，大狗用眼睛看着众兄弟。二狗说："打110，报警吧？"三狗、四狗说："不能打！我们先砸了人家的家！"九狗说："大哥，我当过兵，让我说几句吧！"

九狗冲山上挥着手说："李锡首长，我是九狗。我也当过兵，是西北狼集团军的。"

"噢，"兵见兵的亲切劲儿不由自主，李锡的语气变温和了，"西北狼集团军哪个单位的？"

"工兵团的。不是我大哥一定要我回石子厂打眼放炮，我就转士官了！"

"转士官好，复员回家干企业打眼放炮也好，但生意不能这样做呀！开着汽车牵着狼狗到我们家打砸抢，玩日本鬼子扫荡那一套！还要把我们开拓的市场夺走，你觉得这样做对吗？符合你军人的身份吗？对得起部队对你的教育吗？"李锡情不自禁地把自己当成老兵，把九狗当成了新兵。

"……"

大狗抓住机会说："中校说得对。我们的做法欠妥，我们以后注意。好不好？"大狗要带领兄弟们尽快逃出这是非之地，这会儿说啥都行。

"不好！"李金、李银、李铜、李铁都过来了，他每人抱起一块石头要往下砸。

"李家兄弟，有事好商量，有事好商量！"刀架在脖子上，十狗连连求饶。

"商量个屎，死去吧！你们砸我家时怎么不商量商量？"李金大声说。想起刚才自己的求饶，李金把手中的石块高高举起，他要报仇雪恨，雪恨报仇！

"大哥，不行！"李锡急忙制止，"砸坏汽车，砸死人，都是犯法的！"

"战士九狗，你听好了。只要你们兄弟十个答应我

　　　　　　　母亲的油饺子

四个条件，我们就饶了你们！"如何处理十狗，李锡已经想好了。

"哪四个条件，您说吧！"大狗走到前面来。

"第一个条件，"李锡伸出右拳，"赔偿我家的损失，一万元！"李锡粗略计算了一下，没多要。

"没问题！"大狗拍着胸脯说。钱算什么，人命关天。

"第二个条件，"李锡伸出左拳，"你们兄弟十个要给我写份保证书！保证以后不欺行霸市、不仗势欺人、不横行霸道、不涉黑！做个好商人，做个好人！"

"这个……"十狗犯难了。他们自称"江湖人"，"江湖人"最看重脸面、名声。写了保证书，以后还怎么在江湖上混呀？保证书就是投降书呀！

"山南县十狗你们答应不答应？不答应我这石头就下去了！"李金气鼓鼓地说。

"山南县十狗，你们知趣点吧！"李银说。

"山南县十狗，"李铜说，"李大山是我爷爷。我爷爷的大名你们应该知道吧？当年那一个班的日本鬼子就是在这里丧命的！"

"死心眼，死去吧！"李铁恼了，把手中的石块投了下去。石块飞奔而下，落在道路边的排水沟里。

"四哥，别干犯法的事！"李锡手指四哥，严肃异常。

李锡投石块是计算过轨迹、落点的。集团军搞对抗演习，李锡他们连投的石块不能砸到蓝军的装甲车。石块的第一落点、第二落点、第三落点、最终落点都是经过测量、计算、验证过的。

"山南县十狗！限你们五分钟内答复我的问题，否则明年的今天就是你们的祭日！"李锡一改先前的温柔。他意识到九狗不当家，这帮地痞流氓都是枪顶不到腰眼上不脱裤子的人。他看见十狗的狼狗们在路边的排水沟里嬉戏。他弯腰抱起一块石头。

"一分钟！"

"两分钟！"

"三分钟！"

"四分钟！"李锡的几位哥哥齐声喊。

"吃狗肉火锅喽——"李锡把手中的石块抛了出去。那石块左蹦蹦右跳跳，接着直向山下滚去，正好落在大狗的狼狗的头上。大狗的爱犬一命呜呼。

"答应！答应！"十狗吓坏了，双腿一软，跪在了地上。复员兵九狗没跪。

"起来起来！咱不兴这个！我的第三个条件，"李锡又把右拳伸出来，"燕山水电的石子合同我大哥已经签了，但他们需求量大，你们可以走我们的合同。我们不收你们的管理费，只把税钱留下。"

"最后一个条件，"李锡再次伸出左拳，"你们打110报警吧！你们把保证书和一万元钱交给警察。我撤兵！"

　　　　　　　　　　　　　　　　母亲的油饺子

"不准走！救人！救人！救人！　"

石子供应合同规定：每进石子一万方，开砂石料税票，结货款百分之八十。余百分之二十货款加在第二个一万方石子货款的百分之八十之上。付讫。依此类推。如违约则承担罚金。今晚，万安山石子厂再送两趟石子，就可以开砂石料税票结账了。说到钱，李金的心肝都在颤抖！运一万方石子到工地，费用也是很大的，如柴油钱、修车钱、吃饭抽烟喝汽水钱等。李金没有现钱支付给加油站、汽修配件厂，只有赊账！汽车加油维修换轮胎，队长李铁签字，待工地付款了，抱着钱来销账。生意就是这个做法。但这次赊账太多了，加油站和汽修配件厂的老板急得直嚷嚷："李家老四，我的油库见底了，明儿再不送钱来，我就挂牌歇业了！""李铁兄弟，我这仓库里只剩一个轮胎了！"

今晚，这二十车石子必须送到。为此，李家兄弟五个全部随车。老四老三老二前边开路，老大老五殿后。皓月当空，再有四十分钟就到工地了。老大李金问开车的五弟李锡："香烟在哪里放着呢？"李锡回答："在后排座上。""几条？""六条。按你说的买的，中华两条，软云两条，黄金叶两条。"前面道路宽广李锡加速，"大哥，你们商人可真够精的。见人说人话，见鬼说鬼话。敬支烟也要分出神哩鬼哩！"李金嘿嘿笑了："老外了吧？见料场的保卫人员，你必须敬黄金叶烟。你敬人家中华烟，人家还不接呢。人家以为你有事相求。他没权办不了呀！但这种小鬼你还不能得罪，俗话说'阎王好见，小鬼难缠'，他随便找个理由就可以让你半个小时进不了料场。中档的软云烟是敬料场管理人员的，他们掌握着生杀大权哩。他随手抓起一把石子一搓说'颗粒不够，石粉太大，不合格，不收！'咱们就抓瞎了。咱们必须说好话，承诺请人家吃饭，人家才会下特赦令：'卸车吧，下不为例！'中华烟是送给材料科科长的，他是咱们的天，管结账、付钱，牛着哩！不是中华烟，人家连瞧都不瞧的。而且必须是整条整条地敬……"

"咦，前边怎么了？"李锡一个急刹车。

十台石子车都停止不前了。

李金说："到前边看看。"

李锡从边道绕到前边。

"啊，出事故了！"不是李家的车出事故了，而是别家的车。老四李铁正指挥车队掉头，看见大哥过来，忙说："大哥，走不了了，要绕道村里走了！"

李锡则急急奔到事故现场。他的眼睛瞪大了，倒吸了一口冷气。月光下他看到：一辆半挂运输车撞在一棵大树上，另一辆半挂运输车则撞在前边半挂车的车厢上。这是一辆拉铝锭的重载车，车厢都裂开了，铝锭散落一地。

　　　　　　　　　母亲的油饺子

"救，救命啊！"李锡听到驾驶室里传来呼救声。他疾步近前，第一辆半挂车的驾驶室变形了，前面的风挡玻璃碎了，安全气囊破了，司机夹在方向盘和座椅之间，无法动弹。"救命！救命！"第二辆半挂车里也传来求救声。这是要命的事故啊！

"往右打方向，打死！倒车！倒车！""往左打方向盘，打两把，倒车！"李金、李铁正指挥着车队掉头。

"不准掉头！不准走！"李锡一个箭步冲过来，横在车前，伸开双臂。

"老五，你怎么啦？"李金、李银、李铜、李铁异口同声。

"你们怎么能见死不救？"李锡愠怒。

"噢，原来是这事啊！"李金他们松了一口气。李金走过来拍着李锡的肩头轻松地说："这事咱不能沾，沾了咱就走不了了。弄不好，咱吃不了兜着走！"看李锡不解，李金接着说："你是当兵的，你不懂地方上的事。你一打110，交警必然命你看护现场。120也会让你帮着抬人救人。接着交警就要把你带走，你是目击证人，要做笔录哩！这样，今晚咱们就运不成石子了。如果事故车受伤人是好人，说他们出事故与咱们无关，感谢老天爷，咱们遇见好人了。如果事故车受伤人昧良心、讹人，说他的车出事故是咱的车碰的挤的，咱们可倒血霉了……"

"怎么会这样呢？怎么会这样呢？这不可能，这不可能！"李锡堕入五里雾中。

"老五，我说的都是事实，咱们吃这亏不止一次哩。不信，你问问你那几位哥哥和司机们。"李金指着大家说。

李银说："大哥说的是大实话。去年在207国道与310国道交叉口，我救了一个被汽车撞断腿的老汉。肇事车逃逸了。我和司机小朱把他送到县医院，他竟然说是我们撞的。"司机小朱笑着说："那老杂毛坏透了，若不是国道交叉口有摄像头，咱们就吃大亏了！"

李铜说："我也吃过一次亏。我从白云山回来的路上，解救了一位被两个流氓毒打的少女。这事胖墩儿知道，是他开的车。不想到了大王镇，那长得很好看的少女说：'两位大哥，你们救人救到底吧，我两天没吃饭了，你们再给我五百元钱吧！'我和胖墩儿的眼睛都瞪圆了，那女的说：'不给，我就喊非礼啦！'说着就要摇车窗。路边恰好有一群人在下棋聊天。我不敢招惹这是非，便把五百元塞到她手里：'姑奶奶，我怕你了，快下车吧！'"

司机胖墩儿说："这事是真的。那五百块钱都是三老板掏的。我说我出二百吧，三老板不干。后来这事传到三老板娘耳朵里，三老板娘生了一肚子气，说三老板目的不纯……"

李铁说："有了这些教训，我们的心肠就硬了。我专门开会强调：'出车遇事，坚决不管！'"

李铁顿了顿，拍着自己的胸脯说："按老理讲，见死不救一项大罪。但你救了可能倾家荡产！去年八月的一天夜里，铁路公路立交桥上，横躺着一个受伤者，肇事车肯定跑了。我们都打方向盘绕行。去时那人还有生命迹象，返时人都死透了……"

李锡听明白了。他那伸开的双臂放下了。他知道，他此刻一打110，今晚运石子的任务就完不成了，那么明天开票领款的事也就泡汤了。没有钱就没有柴油、汽车配件，厂子也就停工了……

"救命呀！救命呀！""老乡，救救俺吧！"求救声断断续续传来。

李锡的心抽搐起来，我是军人，解放军是老百姓的子弟兵，老百姓的乳汁哺育了我们。老百姓遇难，解放军能不救吗？必须救！即使牺牲自己也要救！解放军自为救老百姓牺牲的人多了，不管是战争年代掩护老百姓撤退，还是和平时期抗震救灾、抗洪救灾……自己从军二十年，四次遇难。两次是战友救的，两次是老百姓救的。那次部队对抗演习，自己失足掉进滔滔江水中，是渔民把我捞上来的……

"不准掉头！不准走！救人！救人！救人！"李锡疯了。

…………

110来了。120来了。李家兄弟和司机们积极配合救人，处理现场，做笔录……

第二天车队停工了。因为没有完成合同规定的任务，自然就拿不到钱，车队自然就趴窝了。第三天，李锡决定去省城找媳妇，想把自己的转业费拿出来解石子厂的燃眉之急……

塞翁失马，焉知非福？

李锡媳妇复姓端木，名樱桃，论辈分是李锡的姑辈。李锡军校毕业当了连长，她则考上了硕士研究生。他俩是一墙之隔的邻居，小时候没少玩过家家的游戏。当然他们也在一起写作业、背诗歌！春节，樱桃的爹娘来提亲，李锡的娘乐得合不拢嘴，李锡的爹嘀咕："不合辈分哪！"李锡的娘说："咱姓李，人家姓端木，俩家有啥辈分？"老母亲的话在理，农村也兴这个理儿。但端木樱桃欺负李锡："在家叫我姑母大人，出门喊我亲爱的！"

李锡下了长途汽车，直接去了菜市场。媳妇和上小学二年级的儿子虎虎都喜欢吃他制作的"李锡牌"十味酱。"李锡牌"三字是端木樱桃亲笔所定。该酱可拌米饭、面条，也可夹大饼、馒头，也可作为礼物送人。李锡的做酱技术是岳母大人教的。李锡知道媳妇的嗜好，专门拜岳母大人为师。李锡在菜市场购买了黑芝麻、白芝麻、核桃仁、花生仁、杏仁、八角、花椒、肉桂、胡椒和小磨香油。报社盖的住宅楼快封顶了，分房方案已公布，端木樱桃分得一套两室一厅的房子。李锡一家现在住的嵩山公寓是租的，报社报销一半房租。李锡开门进屋，一股昼思夜想的味儿迎面扑来，李锡一阵激动。李锡匆匆洗漱完毕，便系围裙挽袖子进了厨房。现在是上午十点，他要抓紧时间，十二点之前做好"李锡牌"十味酱。下午还有下午的谋划呢。李锡这次来，是攻关的。他想把媳妇兜里买房子的钱掏出来周转周转，这可不是一件容易的事。万一周转失利，款回不来，误了买房交款时间，这可是大事。憨子也会担心的。李锡从橱柜里取出小金丝罗，这罗有三只，分大孔、中孔、小孔。李锡在案板上铺上报纸，用罗把买来的材料筛了一遍。李锡做的第二道工序，是用清水把这些材料冲洗干净。李锡做的第三道工序：把两只铁锅放在燃气灶上，把这些材料用微火烘干。李锡把材料倒进锅里，打开了火。李锡搬来凳子坐下。李锡拿着铲子，隔一会儿翻搅一次锅里的材料。李锡有经验，烘干这些材料需要一个小时零八分钟！但这六十八分钟，李锡要双倍利用。他从桌子上拿来儿子虎虎的作业本，一页页一本本地翻看。他要瞧瞧调皮捣蛋的儿子这两个月进步了没。嗯，数学题都是对号。阿拉伯数字也比以前写得大气了。生字练习本有点脏，涂改的痕迹依稀可见。咦，这方块字有点儿歪……哈，这肯定是媳妇手把手教的。媳妇的字就有点儿歪嘛！媳妇大人您辛苦了，但也不能把写歪字的毛病传给儿子呀！啊，这幅画画得好：山坡上竖着一面靶子，穿军装的父亲双手端着枪，穿校服的儿子双手拉开弹弓。俩人都睁右眼闭左眼。画上有标题：爸有俺也有，比比谁的好！

"他妈的！"李锡骂出了声。

第四道工序是"李锡牌"十味酱制作过程中最费力气的。李锡把烘干的材料放在铜蒜臼子里，一次放一捧。李锡抄起铜锤叮叮咣咣地捣起来。

阳光透过窗户洒进厨房里，两只小麻雀落在窗台上，歪着脑袋向厨房内窥视。它们也许闻到了厨房内的香味，也许听见了厨房内有节奏的捣香料的声音。不，它们听到了李锡的军歌声："向前向前向前！我们的队伍向太阳……"

中午十二点，"李锡牌"十味酱最后一道工序——瓶装包装结束了。一共装满了十个罐头瓶，够母子俩吃半年的。午饭李锡在楼下吃的羊肉烩面。他馋羊肉烩面，每次回来他都解馋一次。但媳妇和儿子不喜欢吃，否则他会和他们一起解馋的。

现在李锡在做着讨好媳妇的第二件事——洗衣服。他打开洗衣机，注够了水，放五勺洗衣粉。这台洗衣机是媳妇生虎虎那年买的。那时工资低，一台单桶洗衣机一百九十九元，不是个小数目呀。赶巧同一天收到了两篇稿子的稿费，一篇是他发表在《解放军文艺》上的小说，一篇是媳妇发表在《散文丛刊》上的散文。两篇文章共二百元稿费。他用洗衣机一天洗了十九块虎虎的尿布。这以后数年因工作关系他很少用洗衣机了。媳妇是农民出身，身上保留了许多传统的东西："好好当你的兵吧，洗洗涮涮的事是我们女人干的。"李锡在家里搜集该洗的东西，换季时节有很多东西要洗。李锡集中来了媳妇的葱绿色灯芯绒外套、毛衣毛裤、纯棉内衣，还有虎虎的秋衣秋裤、校服、两双臭袜子，还有双人床单、单人床单。李锡正准备往洗衣机里投，突然想到应该看看这些衣服上有无油渍、墨渍、水果渍。如果有，要提前处理。嗬，这娘儿俩的衣服上和大小床单上还真有这些污渍呢。去掉这些污渍，李锡当战士时的经验是，先把污渍处湿水，涂上肥皂，揉一揉。放上半个小时，然后再揉搓揉搓。李锡提干后，衣服多是通信员洗；调入集团军机关后，衣服基本是军人服务中心洗衣房包了。李锡把床单、衣服上所有有污渍的地方湿水打肥皂，然后揉一揉。他看看墙上的石英挂钟，自言自语："三十分钟后再揉搓。"李锡是军人，做事该大刀阔斧时，绝不拖泥带水。该认真细腻时，他会像绣花姑娘一样一针一线用心刺绣。李锡把污渍处细心地揉搓了一遍，特别脏的地方还用旧牙刷刷了刷。李锡把处理好的衣服、床单拿到阳光下检查。噢，虎虎的校服上还有六处污渍，怎么办呢？李锡犯愁了。这孩子太调皮了，这六块污渍是什么东西，怎么弄上去的？李锡又涂了一遍肥皂又揉搓揉搓，污渍仍在，顽固不化。李锡坐在凳子上，喘了口气，还是问问老娘吧。老娘养了一群孩子，肯定有这方面的经验。李锡给老娘打电话，老娘说："小五，洋胰子不管用，你倒点儿柿子醋试试。过去你们的衣裳，一用柿子醋就干净了。"李锡笑了："娘，我在省城哩，上哪儿找柿子醋呀？"电话里传来娘的笑声："有。你们家有。上次我去看虎虎，我提了两瓶哩，放在你们家灶火屋里的柜子里了！"

太阳偏西了。李锡讨好媳妇的第二件事干完了。李锡泡上一壶信阳毛尖，他要补补水分了，他要休息休息了。他还要做好一件讨好媳妇的事呢！

墙上的石英时钟敲了二十二下。虎虎听完李锡式评书"关云长千里走单骑"便打起了呼噜。爷儿俩有个约定：只要李锡在家，每晚睡前讲一段《三国演义》。《三国演义》讲完了讲《水浒传》。李锡给虎虎掖好被子，急忙来到内屋。呀，浴后的端木樱桃太漂亮了。闭月羞花、沉鱼落雁，不，她们都比上我的樱桃！眼前的樱桃，就是一颗熟透了的樱桃，鲜红、饱满、娇艳欲滴、香味四溢……

李锡扑了上去："俯卧撑一千次！"

"不够，本姑母殿下要两千次！"

爱情是伟大的、圣洁的、纯洁的。古往今来数不清的作家、诗人创作了无数以爱情为主题的作品，描写军人爱情的作品却不多。

李锡是军人，体会颇深。他写给媳妇的情书有一百多封，无数个夜晚他都是抱着媳妇的照片进入梦乡的。媳妇想不想他呢？想。媳妇写给他的情书比他写给媳妇的情书还要多。其中不少是媳妇抄录的唐诗宋词，自己还能背下来："打起黄莺儿，莫教枝上啼。啼时惊妾梦，不得到辽西。""誓扫匈奴不顾身，五千貂锦丧胡尘。可怜无定河边骨，犹是春闺梦里人。""薄雾浓云愁永昼，瑞脑销金兽。佳节又重阳，玉枕纱厨，半夜凉初透。东篱把酒黄昏后，有暗香盈袖。莫道不销魂，帘卷西风，人比黄花瘦。"……

虎虎读小学一年级的时候，母亲打过一个电话："小五，部队不忙了，多回小家住几天。"母亲话里有话。经自己再三盘问，大哥才说："樱桃这些日子天天和报社徐副总编在电视台显摆。"徐副总编是报社的首席记者，李锡认识。工作性质决定他们成对成双出入公共场合无可非议，但母亲和大哥的话李锡还是在心的。这年休假他努力多陪妻子、多帮妻子干家务、多辅导儿子学习。军人的妻子太苦了，军人欠妻子太多太多了……

第二天早晨，端木樱桃把一碗荷包蛋端给还在床上恢复体力的李锡，羞怯地问："有事求我了吧？"李锡直言相告。端木樱桃把脸扭到一边。就在昨天，她签了购房合同，款也交了！

万安山石子厂受资金所困之事，报社领导很快知道了。这天上午十点半，报社总编、副总编来到李锡家。年近花甲的总编说："房款已经交了，就不要再退了。在省城找位姑娘容易，找间住房难呀！"徐副总编说："中校老弟，我有个主意，您听听看。我建议您不要转业了，改复员！这样您能拿到一大笔资金。您把这笔资金投到石子厂里占股份……"

李锡扑哧笑了："首席记者，您真会开玩笑。那我就不能来报社当编辑了，不能成为大记者大作家了！"

徐副总编哈哈大笑："中校大首长，您真是狗咬吕洞宾，不识好人心！将来您把经商的经历写下来，您就成了大作家，或许能获得诺贝尔文学奖呢！"

李锡心中刮起了十二级大风——徐副总编说得不无道理。我们国家改革开放刚开始，基础建设是重中之重，碎石又是基础建设不可缺少的材料……

总编拍着李锡的肩头，笑眯眯地说："小李，徐副总编说得不错。报社先借给你五十万元，解燃眉之急……"

天意！

今年的暴雨比往年提前了半个月。县电视台预报明天中午有特大暴雨，村主任通知大家做好防洪准备。唉，老天爷这是故意整治解放军中校李锡。万安山石子厂还有一万方石子没有运出去呢。按正常情况，雨季到来之前运到燕山水电的工地是没有问题的。但计划赶不上变化，雨季提前了，特大暴雨明天中午就到。留给李锡的时间，只有二十四小时。现在李家人围坐在牡丹石桌周围，正开家族会，就连白发苍苍的老母亲也列席其中。大家脸色严肃。大哥李金说："一万方石子要运四百车，而我们只有十辆运输车，二十四小时内撑死了只能运四十车。还有三百六十车运不出去……"

李锡插话："找社会上的运输车辆啊！"

李金说："我也想过，但不容易啊。这方面的情况，你四哥知道，让他说吧！"

老四李铁说："运输车本就不多。最主要的是，现在他们都有活儿赶着哩！特大暴雨明天就来了，老板们都要赶活儿啊！大年初一借袍子，我们需要过年，人家也需要过年呀……"

一只白猫和一只黑猫在桃树上打架，叫声不绝于耳。黑猫比较厉害，不动则已，一动一准咬下一撮白猫的毛。老二李银脱掉鞋向黑猫掷去，正中黑猫的头。黑猫从桃树上掉了下来，在地上打几个滚儿，喵喵地叫了几声跑了。白猫见主人生气了，也扭身下树跑了。

老母亲睁开了眼，问李铁："老四，咱们五家屯一共有几辆运石子的车？"

李铁回答："三十八辆。"老母亲说的五家屯，是万安山下的五个自然村，即东屯、西屯、南屯、北屯、中屯，人民公社时期这五个屯属一个大队。

"你给我说说，都是谁家的？"老母亲又闭上了眼睛。

"大蛋家，小三家，振龙家，黑子家，花皮家，秀才家，松树家，玉石家，老支书家，老族长家……"

"有门了！有门了！"老母亲突然睁开眼睛，"小五，你开车拉我到东屯秀才家去一趟。"

"娘……"儿子们不解。

老母亲笑了："拿我这老脸去蹭蹭，叫他家的车来帮咱家运几车石子！"

"娘，不中吧。他家的车在洛阳干话哩！"老四李铁说。

"试试吧。"老娘站了起来，"三年困难时期，秀才昏死在放学的路上。那时天都黑了，还下着雪，我若不把食堂分给咱的一个红薯面窝窝头掰碎塞到他嘴里，他现在早沤成粪了……"

李锡心头一热，眼睛一亮："娘，走。我拉你去！"

东屯距李锡家很近，片刻就到了。

"哟，大侄子，在忙小菜园哩！"

"咦，老婶子，啥风把您吹来了？"

"大侄子，老婶有事求你呀……"

"中中中！我让孩子们今晚赶回来！"

李锡真想给老娘敬个军礼。姜还是老的辣。老娘的思路就是比他们哥五个高一个层面。是的,人是有感情的。蒋介石还不杀陈赓哩!按照老娘的思路,全家人都动了起来。他们开始低头求人,求人家帮助自己运几车石子。但是不求那些和自己没瓜葛的人。人生几十年,恩恩怨怨多了,有瓜葛的人多了。大哥李金说:"我去求求老支书。那年不是我掩护他,在西沟里他就被造反派抓走了。"二哥李银说:"我去求求老族长。去年李姓祠堂唱戏,我去帮了十天忙哩。老族长给我工钱我没要!"三哥李铜说:"我去求求大蛋。那回他们家煤气中毒,是我最先发现的,是我把他们一个个从屋里背出来的。"四哥李铁说:"我去求求松树家。他家闺女考上中央音乐学院,我借给他两千元钱,到现在没还我哩!"李锡突发奇想,到县电视台发个广告:万安山石子厂遇难,求各位乡邻帮忙,运费高于市场价百分之十,一车一付。

此时,万安山石子厂正在打一场抢运石子的"淮海战役"。"淮海战役"的别名是老四李铁起的,总指挥是小五李锡,按理说总指挥应该是管运输的老四李铁。但李铁说:"装车,登记,带路,交料,收票,有的给现钱有的不给,太乱了,我干不了,让小五干吧。

现在总指挥李锡正坐在指挥部里,麾下有四个组:石子厂装车组,组长李金。运输向导组,组长李银。出库登记、运费支付组，组长李铜。工地交料组，组长李铁。今晚参加运石子的车辆共五十辆。十辆是老基本队伍。二十八辆是李家人求来帮忙的。当然不是白帮忙，也要付运费的。十二辆是来赚高于市场百分之十的运费的。不管是什么目的，只要来，就是好乡亲。李家兄弟是要千恩万谢的。现在已是午夜，时间已过了一半，石子已运出三分之一。照此速度，特大暴雨到来之际，石子厂还有三分之一，即三千多方的石子运不出去。三千多方石子，十六七万元钱呢！李家人算过这笔账，但没有办法了。

老大李金在指挥装车，他双眼布满血丝："东边再装一铲，北边再添半铲，好好！发动车，走走！七号车倒进来——"

老二李银袒胸露怀，手里拿着小红旗："停停停！检查轮胎，检查盖布！走走走！跟着前边那辆车。别跟丢了！"

老三李铜算盘打得山响，一会儿算算收的石子票，一会儿算算剩的钱，生怕弄错了。

老四李铁在工地上，左手提着啤酒，右手掐着条烟，跟在工地收料员的屁股后边："赵师傅，喝两口润润嗓子。来，点上点上，软云的！"

李锡表面上神清气定，其实心里比谁都急。白发苍苍的老娘坐在李锡身旁的椅子上，老娘虽闭着眼，但并没有睡。眼睁睁看着十六七万元人民币打了水漂，老人家睡得着吗？她在默默地向老天爷祈祷呢！如果老天不开恩，特大暴雨准时到来，那十六七万元钱真就打水漂了！《西游记》里的孙猴子能呼风唤雨，李锡真想变成孙猴子："四海的龙王老儿们听着，洛阳万安山地区的特大暴雨往后推迟十二个小时！"

不过，李锡心存一丝希望：自己在县电视台作了广告，赚高运费的运输车是陆陆续续到来的，刚才还来了两辆呢。现在距中午还有十一个半小时，肯定还有车来！重赏之下必有勇夫！

送走了一拨车，下一拨车还没来，指挥部里暂时安静了。白发苍苍的老娘睁开眼说："孩子们，你们饿了吧？床下的竹篮里有你们喜欢吃的豌豆面花卷馍，还有五香茶鸡蛋。你们垫补垫补吧！"

老大李金取出竹篮，拿出五个豌豆面花卷馍，五个五香茶鸡蛋，说："剩下的给装车的师傅吃吧！我算着镇上饭铺的饭也快送来了，我给工人们订了一百份盒饭呢！"

李家兄弟确实饿了，狼吞虎咽地吃着。老母亲慈祥地笑着："孩子们，慢点吃！咱们这事办到这儿，也算尽力了！不管山上还剩多少石子，值多少钱，咱们都不心疼……"

指挥部闪进来一个轻年人："请教，这石子厂有一个解放军同志吗？"

李锡一怔。

"有有有！是解放军的中校哩！"老三李铜指着李锡快人快语。

"恩人哪，俺们可找到你了！"指挥部又拥进六个人。其中两人，一个脑袋上缠满了白纱布，一个双臂架双拐。

"啊，是你们呀！"李金、李铜、李锡认出了这两人。

"恩人哪，俺们从电视上看到你们需要运输车，俺们组织了三十辆前四后八车……"

"多少辆？"李铜问。

"三十辆。"

指挥部里响起一片欢呼声。

"娘啊，"老大李金俯身到老母亲耳边大声说，"龙王爷不收咱们的石子了！"

"娘啊，"老三李铜抓住老母亲的手摇晃着说，"咱们的钱飞不了了！"

白发苍苍的老母亲颤巍巍地站起来，用手指指房顶，小声说："别吵吵，老天爷下圣旨了，叫咱家小五补觉哩！"

中校李锡趴在桌子上睡着了，鼾声匀称，涎水从嘴角淌出来，把记事本浸湿了……

老支书上山记

北村老支书，虽然从领导岗位上退下来了，但他为村民服务的"老毛病"仍在。这不，今天一大早，他扛着一把大扫帚，把村子里的水泥路从东头扫到西头，从南头扫到北头。

地扫完了，老支书纳闷了：咦，往常日跃东山口的时候，村里除了戴着红领巾上学的娃儿们之外，几乎没有啥子人了。南山有座石料厂，生产各种规格的石子，村里的劳动力几乎都在那里上班。放大炮、一次破碎、二次破碎、装大料、过磅、推料入粉碎机、石子分类入库，六七道工序呢。在石料厂打工比种地合算，当然地也没有丢下。村里家家户户的日子，比以前好了几倍。拆土坯房建瓦房；男穿西装皮鞋，女穿裙子高跟鞋；红薯面红薯叶为主食的时代一去不复返了，细米白面是主食，三天两头吃顿肉。

"哎，今儿村里咋有恁些劳动力没上工厂呀？"老支书拄着扫帚喘着气。

老支书抽出腰带上的白羊肚手巾，擦着脖子上的汗，问一个迎面走来的小伙子："小瓜，你今儿咋没去石料厂推大料呢？"

"呵，呵！"小瓜没有回答老支书的问话，匆匆过去了。

"大李，你今儿咋没上山放炮哩？"老支书又问旁边门里的一个大个子。他负责二次破碎，把崩下来的大石块，用油钻破碎成小石块。

"俺，俺……"大李有点儿语无伦次，"俺昨夜拉稀了！"

"回来吃饭了！"是老伴的喊声。

"爹。""爹。"老支书一进院门，两个儿子先后喊道。

儿子也没上班。老支书的两个儿子是石料厂的机修工，石料厂重要的技术人员。机器的修理保养是石料厂赚钱的第一要素。

"嗯？你俩咋着也没上山？"老支书把扫帚放好。

"爹，俺牙疼。"

"爹，俺脚疼。"

两个儿子闪出堂屋。

这是一处传统的四合院。老两口住上房，两个儿子

母亲的油饺子

住东西厢房。

他看着老伴。老伴瘦瘦的,五官还算周正,是结发妻。与他患难与共几十年,是他肚子里的虫。"别,别看着我,别管恁些闲事!吃饭,快吃饭吧。"老伴说。

他两眼直盯着老伴,催促着:"快告诉我出啥事了,咋有恁些人没上班?"

"停电了。"

"不对,村里不停电,山上石料厂也不会停电!"

"政府安全生产大检查。"

"初五刚检查过,还没十天哩。"

"哟哟,水开了!"老伴抽身出了门。

"娃他娘!娃他娘!"老支书喊。

没有应声。老太太出院门上大街了。

有事!有事!肯定有事!老支书端起饭桌上的一碗鸡蛋茶,一扬脖子灌了下去,抬腿出了门。

他要到南山上的石料厂看一看。

这石料厂是他从部队复员回来,为响应党的号召带头创建的。开始是集体企业,后来拆分为数家私营企业,现在又整合为一家大型私营企业。不管企业主如何变更,石料厂的工人都是本村村民。村民们确确实实得到了好处,包括老支书家。他现在住的这座四合院,就是新盖的。

老支书甩动双臂,迈开大步,向南山走去。离开部队好多年了,但军人的姿态仍然保留着。"一二一,一二一!

一、二、三、四——"老支书在心里喊。北村位于万安山脚下，老祖宗们聪明，南北一条街，东西一条街，十字交叉。交叉处有片空地，空地上有座古色古香的关公庙。据说这关公庙是明朝时创建的，"文革"时期拆除了，大前年村民们又捐钱修了起来，面积比原来大了两倍。不仅有庙堂，有威风凛凛的关爷、关平、周仓的塑像，还有东西耳房。这耳房，一间做了村里的阅览室，一间做了棋牌室。老支书住庙北，他走到关公庙门前时，庙内突然闪出一个人："支书老侄儿，你到哪儿去呀？"

这人叫毛毛，西装革履，一条腿是假的。他原是煤矿工人，出事故没了一条腿，补了五十万元钱。他回乡盖了房子娶了女人，那女人当闺女时怀了别人的孩子。毛毛吃喝无虑便迷上了下棋，聪明人嘛，学啥成啥，于是他成了村里的棋圣。老支书也喜欢下棋，他的棋艺是在部队时老班长教的。军人下棋是传统，陈毅元帅、刘伯承元帅还下棋哩！

老支书一巴掌拍在毛毛的肩头上，骂道："日你娘，你是谁叔呀？"万安山这一带有个风俗，叔侄俩可以互相戏骂。"日你娘"是叔辈们骂族侄的口头禅。

"哎呀！"毛毛抚摸着肩头，笑道，"你是我叔，你是我叔！"

"老叔，上哪儿？"毛毛问。

"到南山转转。"老支书回答。

"陪老侄杀一盘，再去！"毛毛揪住老支书的衣袖。

"不了不了，今儿有事。"老支书一本正经，他没有撒谎。

"走吧走吧！"毛毛用力推着老支书，"今儿你要是赢了老侄，你说哪儿我请哪儿！"

"十个卤猪肉夹火烧！"关公庙内四个象棋爱好者异口同声地喊道。

"真的？"老支书眼睛睁大了。李斌家的卤猪肉夹火烧，个儿大，肉多，味儿美极了，村里人谁不馋呀！关公庙内连自己六个人，一人一个，还能兜四个回去，正好四个孙子一人一个。

老支书的棋艺与毛毛不差上下，他俩对弈多次，几乎都是平手。细算起来，今年他俩对阵三十局，毛毛赢了十六局，老支书赢了十四局。老支书记着这输局哩，总想扳回来！今儿能扳回来，出了心中恶气，还多出五个卤猪肉夹火烧！

"来吧，孩子！"老支书正襟危坐在木椅上，解开了衣扣。为了扳回一局，为了卤猪肉夹火烧！

红先黑后，输了不臭！

"当头炮！"毛毛毫不客气。

"跳马！"

"拱卒！"

"飞象！'

开始几步都是熟套子，一般人都会。当棋盘上的子剩下一少半的时候，真正的楚汉相争就开始了。老支书紧盯着毛毛的马，他须提防毛毛的"卧槽"！毛毛早已挖好陷阱，等待老支书出炮。老支书的"重叠炮"是罗成的"背后三枪"！他们都是象棋高手。老支书和毛毛每人手里捏着一枚棋子，思索着，谁也不肯出着儿。一着不慎满盘皆输哇！阳光照进棋牌室，暖融融的。两边四名观棋人一齐起哄："卤猪肉夹火烧！卤猪肉夹火烧！"

　　突然，老支书的心里急躁起来，他还要上南山呢！

　　"出车！"他出着了。

　　"支士！"毛毛从容不迫。

　　"架炮！"老支书紧逼。

　　"卧槽——将军！"毛毛发起总攻。

　　"出将！"

　　"再将！"

　　"啊，老支书输了！卤猪肉夹火烧没了！"棋牌室内一阵欢笑声。

　　"不算输，三战两胜！"毛毛重新摆棋子。

　　"不不不！我到南山转一圈，再来！"老支书毅然决然离了座位。

　　红日高悬，彩霞满天。老支书有些气恼。"臭棋篓子！老馋猫！"他骂着自己。不过这盘棋只耽误了一个多小时，时间还早哩，他又宽慰自己。

老支书迈开步伐继续向南山奔去。

又没停电，又没安全生产检查，今儿咋恁些人没上班呢？这团疑云又罩在了老支书的心头。

老支书走到村南头了，路西边有一棵合抱粗的柿子树。扑通！扑通！从树上跳下来五六个戴着红领巾的小男娃儿。

"爷爷！爷爷！"少先队员们围住了他。

"干啥呀？"老支书老了，和其他老人一样喜欢孩子。他拍着一个胖得可爱的娃儿说，"今儿咋没上课呀？"这个娃儿是学校张老师的孩子。

"今儿是星期天，俺们在这玩狗撵兔哩。"胖娃儿朗声回答。

"噫，狗撵兔，危险哩，别掉下来呀！"老支书叮嘱道。狗撵兔是这一带男孩子们爱玩的游戏，类似藏猫猫儿。区别是一个在树上玩，一个在地上玩。狗撵兔不仅需要体力，更需要智商。

"支书爷，给俺讲讲您参加老山自卫反击战的故事吧……"胖娃儿站在老支书跟前，用胖乎乎的手捋着老支书的胡子，乖巧地说。

"对对对，您讲讲那个故事，俺们可想听啦！"学生娃儿们叽叽喳喳。

"向老英雄学习！向老英雄致敬！"胖娃儿振臂高呼。

"哎，后晌讲中不中？爷爷今儿上午有事哩！"

"不中！不中！"娃儿们把老支书团团围住。

"中中中！"老支书坐在柿子树凸起的树根上，"在自卫反击战中，最令我难忘的是蹲猫耳洞的那些日子。双方形成了对峙，他们过不来，我们过不去。我们挖好了掩护坑，战术曰'散兵坑'，我们叫猫耳洞，因为它很小很小，只能蹲一个人。我们连的战士都是神枪手，敌人打不着我们，我们能打到敌人。只要敌人一露头，我们'叭'一枪就过去了，敌人就狗吃屎了。蹲猫耳洞，最痛苦的不是吃压缩饼干喝山泉水，而是拉屎撒尿和烂蛋子！拉屎撒尿我们不能出猫耳洞，否则，会被敌人打冷枪。死了，还光着屁股哩！我们就拉撒在猫儿洞里，再用工兵锹铲出去。那个臊呀臭呀，呸呸呸！最难受的是烂蛋子皮！长期吃不到蔬菜水果，身体缺乏维生素，又是南方潮湿气候，蛋子皮就发红发痒！奇痒钻心呀！又不能用手抓，抓破了会发炎。发炎按规定算伤兵，就要退出战场，可谁愿意这个时候退出战场呢？"

"蛋皮痒，烂蛋皮！"男娃儿们调皮地大喊大叫。

"娃儿们，我该上山了！"老支书站起身，掸掸屁股上的土。

"老爷爷、老支书爷爷、大功臣爷爷，再讲一个嘛！再讲一个嘛！"张老师家的胖娃儿又带头喊起来。"同学们，等我上山回来再讲！"老支书迈开腿。

"爷爷，讲个短的！讲讲您背越南女兵的事吧。"胖

　　　　　　　　　母亲的油饺子

娃儿从背后抱住老支书的腰央求着。别的娃儿也一拥而上，有的抱胳膊，有的抱腿。

"唉，你们这群小捣蛋鬼！"老支书无可奈何。老支书在对越自卫反击战中，立过两次三等功。一次是坚守猫耳洞，一次是背越南女伤兵。这故事他曾在小学的"革命英雄主义教育"课上讲过。

那越南女兵，长头发，鸭蛋脸，大眼睛。她负伤了，出于国际人道主义，老支书背她到前线卫生所治疗。不想那越南女兵醒来在他左臂上扎了一刀，现在还有伤疤哩。老支书恼了："你这没良心的东西！美女蛇！"他踢了她几脚，并用枪对着她的头。他真想开枪毙了她。但他没有。"不杀俘虏"是纪律呢，他用枪托照着她的头捣了一下，使她昏迷过去。他给自己做了简单包扎，又把那个越南女兵驮到自己的背上……

战后，那越南女兵通过国际红十字会转来一封感谢信。

为这事，老支书的老伴还吃了几年的醋哩。

告别这群孩子，老支书迈着军人的步伐继续上南山。沙石路两边树木葱茏，有杨树、泡桐树、椿树。一个树种一个味儿，煞是好闻。阳光透过树枝的间隙洒在老支书的头上、脸上、肩膀上。这些树还是老支书在任时栽种的呢。这条沙石路直通山上石料厂。路长五里，树木两百六十棵。杨树一百棵，泡桐树一百棵，椿树六十棵。

平时老支书走在这条路上，会走走停停。这棵树该修剪了，那棵树该灭虫了，他嘟囔着，甚至还伸手拍拍树干。但他今天走得飞快……

"嘀嘀！嘀嘀！"身后传来喇叭声。

老支书闪到一边。

"哎呀，三哥！你这是上哪儿呀？让俺好找呀！"从三轮车上下来一位六十岁左右的老太太，她一把抓住老支书的胳膊，"快跟俺回去，你那俩侄媳妇又打起来了！"

"哎，八妹，我……"老支书想说上山有事，但他又张不开嘴。

八妹是他的堂弟妹，八弟死得早，他没少照顾这一家。那俩侄媳妇是他保的媒，是他战友的女儿。保媒有好处也有坏处，好处是对得起八堂弟，坏处是妯娌们一吵架就拉他去评理。当然俩侄媳妇也买他的账。

不管愿意不愿意，八弟妹家出事了，他就要管！他抬腿上了三轮车……

八弟妹家门前，两只"母狮子"正在酣战。她俩头抵着头，你抓着我的头发，我揪着你的衣领。你推我退三步，我推你退三步。嫂子的裙子破了，二妹的裤带断了。嫂子光着两只脚，二妹穿着一只鞋。俩人打着骂着。

一街两行人，都出来看热闹，但没人劝架。甚至还有人起哄："武林风新编哟！""女子单打哟！"

母亲的油饺子

"松开！松开！成啥样子啦！"老支书生气地大喊。

"老兵伯来了，快松开！"

"老兵伯来了，快松开！"

妯娌俩一溜烟跑了。

老支书有低血糖的毛病，上午十一时，下午十七时，需多少进一点儿吃食，否则就会出慌汗、腿软！老支书想回家取点吃的，不料大门上铁将军高挂。他只好转身继续上南山。

北村石料厂，是老支书的杰作。当年为建这石料厂，他把自己的退伍费都拿出来了。那么高的一座石灰岩山，除了能出碎石，还能出石灰、水泥、大理石板材。

"嗳！嗳！支书爷，俺可找到你了！"一位两鬓斑白、赤色脸膛、腰身粗如水泥管的人横在他面前。这人是第八组组长，是村里的老革命，当组长有十余年了。他说话声如洪钟，走路"铿！铿！"似打夯，干起活来从不惜力。但他辈分小，村里几乎所有李姓族人都是他长辈，就连怀里抱着的娃儿都是。

老支书很喜欢这个全村人的"老孙子"。

"支书爷，俺家盖新房上大梁，你老得给俺写几个字！"

"我那字，我那字……拿不出手！"老支书搪塞着。他急着上山哩！

"不写可不中，非你写不中！"老孙子伸开双臂挡住去路，"学校董老师的字写得比你好，但'泰山石敢当'这五个字，他写得不中！你那五个字抵他一百个字！你当过兵打过仗，你那字往房上一放，妖魔鬼怪都被吓跑了！"

老孙子说的是这个理。这虽然有些迷信，但农村人信这个。信则有，不信则无嘛！老支书复员回来没少写这样的字。本村有，邻村也有。老支书不是书法家，但字如其人，他写的字很有军人血气，似数支步枪结合而成！

来到老孙子家。大门楼下，八仙桌上已摆好了笔墨纸砚。老孙子家正在盖上房。上房是三层三组大梁，需三张"泰山石敢当"。

老支书紧紧牛皮腰带，习惯性地往手心里吐了两口吐沫，抓起毛笔，在墨汁碗里饱蘸了几下，口中说道："一横枪，一横枪，一横枪！左一斜枪！右一斜枪！……"

嗬，一个"泰"字就出来了。

三张"泰山石敢当"摆在地上，在阳光的映照下熠熠生辉。老支书把毛笔往墨汁碗里一丢，搓着双手说："孙子，好了好了，我走了！"

老孙子莞尔一笑："支书爷，您走得了吗?"

老支书扭头一看："我的娘哩！"

他身后一字排着一个班的人，老的少的男的女的，每人手中三张纸。

"支书哥，趁摊儿，给俺也写三张吧！俺下旬盖新房！"

"支书伯，趁摊儿，给俺也写三张吧！俺下月盖新房！"

"支书爷，趁摊儿，给俺也写三张吧！俺秋后盖新房！"

…………

写字不像撒尿那么容易。三十三张写完，老支书的低血糖犯了。他坐在竹椅里，出慌汗，双腿发抖！

老孙子端来一碗白糖水和两个油卷，歉意地说："看看，看看，老孙子太没成色了！把您的低血糖都弄出来了！"

"不碍事，不碍事。我喝口水，喘喘气。我还要上山转一圈哩！"

上午十一点。老支书离开老孙子家，继续他的"二万五千里长征"。

在门口石条板上玩泥猴儿的双胞胎，看见老支书走过来，喊："爷爷！爷爷！胡子扎扎！"若在平时，他准过去，在娃儿嫩嫩的脸蛋上亲两口，再给娃儿点好吃的。

"小生子，上哪儿去？来陪老婶说说话！"左边墙根儿坐着的一位九十岁高龄的老五保户，听见他的脚步声，和他打招呼。老人的眼睛不好，但耳朵特别灵。

"不了不了，老婶子，明儿陪您唠嗑。"

老支书再次出现在村南口。他加快了脚步，他已经看见南山石料厂高高的机台了，有五座呢。

"叭——咚——""叭——咚——"斜里出现一支娶亲的队伍。十几辆小轿车，披红挂绿，气派极了。唔，今儿是西头四辈家大儿子的结婚日。老支书站在路边拱起双手："恭喜恭喜！"最后一辆轿车"吱"地停在他身边。车内跳出一个西装革履、胸前挂着红花的戴眼镜的人，不由分说把老支书拉进车内："啊呀，老伯！真巧！刚才我还打电话找你哩！支书在乡里开会回不来，您就代表村委会参加四辈家的婚礼吧！"村里人结婚，典礼台上有双方父母、亲人，村干部有的人家请有的不请。

政府虽三令五申，结婚不能铺张浪费，但老百姓有老百姓的理儿：要面子，一生难得几回乐。这不，四辈家办喜事，大门口大月亮门小月亮门，红毡铺地，鲜花簇簇。新郎西装革履春风得意，新娘妖媚娇艳红衣绿裙。典礼台两侧挂着金字对联：夫妻恩爱早生贵子，风雨同舟前程似锦。

一对新人在鞭炮声中，手牵着手走上典礼台。"一拜天地，二拜高堂，夫妻对拜……"拜老天爷、老地爷是不给拜钱的，只有双方父母各给小两口一个大红包！

老支书代表村委会讲了话。酒席是在四辈和他弟弟的院子里办的，摆了好几十张桌子，吃的是本地流传了几百年的流水席，一共二十四道菜，一次上一道，一道

　　　　　　　　　　母亲的油饺子

比一道质量高。喝的是杜康酒，三国时曹操都喜欢喝。

北村的村民不但会吃，还会喝。那敬酒词，精妙绝伦，你不喝也得喝！听，一帮小伙子在劝老支书喝酒呢：

"共产党领导好，家家户户吃得饱。老支书，您是不是咱的老领导？是，把这杯酒干了！"

"共产党大救星，中华民族强大了。老支书，您，是不是党派来的村干部？是，把这杯酒喝了！"

"老支书富人相，你家孙孙上学堂，数学好语文好，北大清华咱定了！老支书，该不该为你家的北大清华生喝一杯？"

"老支书身体好，长命百岁保证了。我跟阎王爷说一声，不够百岁让他补！为了长命百岁，老支书，喝！"

…………

老支书喝醉了，两条腿不听使唤，一张嘴说不成话，脑袋涨涨的。他是被四辈派人送回家的。在这一带当干部不会喝酒可不行，没有酒量也不行。老支书今天喝的酒没有一斤也得有八两。但他喝多了不胡说、不乱跑，只是闷头睡觉。

一觉醒来，屋内灯光刺眼。老伴、儿子、孙子都在他身边坐着，毕竟六十有二了。他接过老伴递来的茶，喝了几口，不好意思地说："今儿我喝高了！"

又喝了几口茶，又上了一次厕所，又喝了一碗绿豆粥，不愧是当兵出身，老支书的脑子清醒了。他又想起今天的事。

他呼地一下站起来，两道目光像利剑一样射向儿子："告诉老子，今儿为啥不去石料厂干活？！"

"嗯……"

"嗯……"

两个儿子你看我，我看你，不知咋回答。

"告诉老子，今儿为啥不去石料厂干活？！"老支书的手指几乎戳到大儿子的脑门上。

"爹……"

"爹……"

两个儿子知道，再不回答，就要挨打了。他俩知道爹的脾气。

"村东头大炮工说：'石料厂要冒顶了，裂缝能塞进拳头……'"

"你说啥？你说啥？"这简直就是晴天一声雷，把老支书给炸蒙了！

"石料厂要冒顶了，裂缝能塞进拳头！"

"噫噫噫！"老支书急切地说，"王四家知道不知道？王四家搬出来没有？"王四一家住山上。

"……"俩儿子没有回答。

"快快快！快送我上山，告诉王四家！"老支书大喊一声，向门外冲去。

"扑通！"老支书摔倒了。

他被摔晕了。毕竟六十多岁了，又喝了酒，难怪！

"老头子！""爹！""爷爷！"全家人乱成一团儿。

一会儿，老支书睁开了眼，断断续续地说："快，块，快……"

大儿子抱着老支书的头，二儿子抱着老支书的腿，老伴用毛巾擦着老支书嘴角淌出来的血。

老伴说："老王家人死了活该！你看他们坑了多少人？"

大儿子说："山上过磅收石块，他们在磅下粘吸铁石，坑大料工！"

二儿子气愤地说："炮工、机修工、小料工的工资都是按吨计算的，也坑了俺们！"

"老头子，你就别管这事了！"老伴乞求，"你没看看，今儿拦你上山的那几家，家家都与老王家有仇呀！"

老支书沉默了，老伴说的是事实。

王四坏了李斌家的石料销售合同，使李家债台高筑，不得不卖掉石料厂，改行卖卤猪肉夹火烧。毛毛老佅拦住自己下棋，背后主谋定是李斌。

王四买通县乡公路管理处的领导，五月份修南山路，致使张老师家的一万多方石子运不出去，造成违约，赔钱！张老师家破产了，只好重回学校教书吃粉笔末儿。柿子树下，那一群学生娃儿拦住自己讲故事，定是张老师的"杰作"。

他儿子强暴了八队长的闺女。八队长顾脸面，打掉牙咽肚里！

他承诺大炮工，年完成十万方任务，奖金两万元。大炮工完成任务了，他却昧着良心说："我没说！"

老王家那昧心磅，一年坑俩儿子至少八千元。

……………

"但是，但是……这些昧良心事……不至于让王四家灭门呀！"老支书吐字不畅，心里清楚。

"还有，还有……"老支书心头闪出王四家的好处，"王四的弟弟王五，为建设新中国牺牲了。王四的爹是北村第一任农会主席，在他的指引下，解放军抓获了国民党潜伏在万安山的特务。"

"还有，还有……"老支书嚅动着嘴唇，弱弱地说，"去年王四家交税十万元，交管理费一万元。"

"还有，还有……"老支书吐字连串了，"咱村有八十八人在王四家打工，一人一年的工资能买一万斤小麦呀……"

"快快快！快送我上山！"老支书大声说，那声音大得吓人！

儿子开着三轮车，载着老支书，向南山飞去……

唉！天不佑王四家呀！老支书父子三人来到山上时，石料厂已成废墟！

"娘啊！娘啊！"老支书左右开弓，啪啪啪地打着自己的脸⋯⋯

"红·蓝"决

一

原燕山军区工程兵掘进连连长，现伏牛县法院执行局局长李华山失眠了。他们当兵的是粗货，见饭就吃，见酒就喝，见床就睡，见活就干，见坏蛋就抓！但是今夜他失眠了。妈的，法院陈院长骂我们也骂得太狠了："李华山，你们执行局三个月没执行回一分钱，你们干什么吃的？是不是男人？说！"

三个月来，执行局数十位大员起早贪黑，没执行回一分钱是事实，但不能说他们无能。事实上，执行局遇到了一个特殊又特殊的情况——他们接到一个标的两千万元的案子，被执行人叫吴青松。吴青松是伏牛县伏牛建筑开发集团公司的董事长兼总经理，还是县政协副主席、

母亲的油饺子

县私营企业协会会长、县建筑业协会会长。因此，他们去执行任务时，都被呛了回来："你们执行局不能吃柿子专捡软的捏，只要你们把吴青松那两千万执行回来，俺一分不短地把欠款转到你们法院的账上！"执行局数十位大员深知此理，但数次南上北下突东奔西，都没见着吴青松的面。

"咕咚，咕咚，咕咚！"李华山抓起桌上的杜康酒又顺了三口。晚饭他已喝了闷酒，妈的，陈院长！官大一级压死人，这道理我懂！但你也不能骂我们不是男人呀……

"辕门外三声炮如同雷震……"手机响。

"喂，谁呀？"梦中的李华山正带着兄弟们执行吴青松的案子呢。

"李局，是我，穿山甲。我家老大吴青松后天在省建筑大酒店办满月席……"

"啊！"李华山从床上一跃而起，旋即冲出门外。忽然想到没穿外衣没穿鞋。去见法院孙书记还是应该穿上外衣和鞋的，尤其是鞋。孙书记住对面楼上，有一百多米的距离。李华山折回来穿上外衣和鞋。他酒醒了吗？没全醒。他上衣扣子扣错位了，脚上一只皮鞋一只布鞋！

"咚咚咚！"他砸孙书记家的门。"谁呀？"门内传出一娇娇女声。这是书记夫人的声音。孙夫人与孙书记同庚，但形象年轻，声音娇嫩，姿容在法院家属里排第一。

"我，华山！开门，嫂子！"门开了，李华山跳进室内。"啊，呵呵呵！"孙夫人指着李华山的脚笑弯了腰，"一只皮鞋一只布鞋……衣服扣子也错位了！"

孙书记穿着睡衣揉着眼睛出来了："你小子，晚来半个钟头多好，坏我好事！"

两杯清茶摆上茶几。孙书记听完李华山的报告，沉思良久，说："华山，昨日陈院长骂你们的事我已知道。不执行回吴副主席吴大会长，不，吴青松的两千万，其他案子确实不好进行，但是要执行吴青松，不是一件容易的事啊，第一，"孙书记扳着指头，"吴青松是咱们县纳税大户，一年一个亿呀。即使我批准你拘留他，咱们的政协主席肯定保护他。他是咱们县政协副主席，司法拘留他必须取得政协主席的同意。第二，即使政协主席同意，还有县长呢。一年纳税一个亿，县长的宝贝疙瘩财神爷呀！第三，他能轻易让你拘住？你们都是燕山军区工兵旅出来的，彼此相知很深。军事对抗演习，他扮红军你扮蓝军，他扮蓝军你扮红军……"

"第四，俺外甥女是他公司的财务总监，你们晚半年抓他，让那两千万元再周转一圈，他会自觉把款转你们法院的……"孙夫人在内室发言。

"啊？！"李华山呼地跳了起来。对于前三条，李华山早已知晓，否则他不会夜半闯孙书记家。孙书记也是转业干部，转业前是副政委，而县政协主席是他们团

　　　　　　　　　母亲的油饺子

的团长。至于吴青松嘛，李华山并不惧他。在部队对抗演习有输有赢，到地方他搞企业我进法院执行局，他能比我长进多少？但这第四个因素，李华山现在才知道。换一个角度考虑，两千万执行款推迟半年到账，也可以嘛！但站在法律的角度，吴青松的两千万必须马上到账！否则执行局的一班人真应该回家洗菜做饭抱孩子了，国法岂能儿戏！

"可是，可是，是亲三分向……"

"孙书记，我辞职了！"李华山转身往外走。

"立定！向后转——"孙书记突用军人语言。

李华山本能地服从命令。

孙书记走过来拉住他的手："你小子，狗眼看人低。你怎么知道我会听夫人的话，放弃原则？来，坐下……"

"要我的老班长同意……"他们的声音特别低。内室的孙夫人听不见。

二

今天是八一建军节。上午十点县武装部召开茶话会，与会者有县转业复员军人和县委、县政府、县人大、县政协的领导。县政协主席吕庚一是转业干部，有发言任务，他早早就到场了。县法院孙书记带着李华山来了。李华山左肩斜背着褪了色的军挎包，挎包里鼓鼓囊囊的，里边装着燕山军区酒厂生产的白酒——八一军旗红，五十六度呢。孙书记挨着吕主席坐下，李华山挨着孙书记坐下，他把军挎包"咚"的一声放在桌子上。吕主席指着军挎包问："老伙计，什么东西？"孙书记拉过军挎包，揭开一条缝在吕主席眼前一晃。"啊，八一军旗红！"吕主席轻叫一声，把军挎包夺了过去。这四瓶八一军旗红，孙书记窖藏了十年。吕主席的眼睛湿润了，他和这酒有特殊感情哩，在部队他曾任该酒厂厂长三年有余呢。该酒的质量、包装、销售在他手里前进了一大步呢。若不是军委有政策，该酒厂现在还存在呢。

武装部长主持茶话会。县政府礼堂布置得干净利落，横额，大字，大花朵，五十张桌子座无虚席。桌子上摆着白酒、红酒、啤酒、饮料、花生、瓜子、苹果、大枣、葡萄，还有面包、馒头片、饼干、果酱、银条、泡菜……吕主席、孙书记、李华山自然是一桌。有人想拉吕主席走，李华山举起两瓶八一军旗红："你们有这酒吗？吕主席当过这酒厂厂长哩！"转业复员军人饮茶喝酒说话，自然离不开部队生活。野战部队军事训练呀，工程兵部队修桥修路打山洞呀，空军部队飞行训练呀，还有随军子女上学呀，等等。孙书记递眼色给李华山。李华山心领神会，抓起一瓶八一军旗红，用牙"咯嘣"开了瓶，说："我尝尝咱们燕山军区的八一军旗红！"说罢一扬脖子"咕咚咕咚咕咚……"地进了肚子。

孙书记伸手夺下酒瓶，嗔怒道："你个新兵蛋子，酒能这样喝吗？这是咱们燕山军区大名鼎鼎的八一军旗红呀！"

"是吗？让我再尝尝。"李华山伸手又夺回酒瓶，一扬脖子又"咕咚咕咚"两口，然后咂巴咂巴嘴说，"一般般嘛！"

"你说什么？这酒一般般？"吕主席气恼地说。这酒是他的心肝肉，他在改进生产工艺、提高质量上下了一番大功夫。为了改进生产工艺，他在车间一连待了一百天，老婆冲进车间和他理论……他不允许别人说八一军旗红半个"不"字！

"小李，你醉了，尽说醉话。这酒是咱们吕主席的一枚军功章，拿了军区后勤部金奖呢。"孙书记忙打圆场。

"我没醉。我入伍前是伏牛山酒厂的工人，对酒还是略知一二的……"李华山梗着脖子说。

"咦，遇到酒专家了？"吕主席的火气腾腾上冒。他站了起来，抓过桌上的八一军旗红，左看看右看看，上看看下看看，又举过头顶对着日光灯看纯度，然后用筷子撬掉瓶盖，咕咚一口下肚，闭上眼睛……

"小伙子，这酒你能几瓶不醉？"吕主席睁开了眼。

"两瓶！"李华山伸出两跟指头。

"吹牛！"吕主席笑了，"《水浒传》里武松喝的是三碗不过岗，我这八一军旗红，你一瓶喝不完就得趴下！"

"吕主席，吕团长，吕厂长，如果小兵蛋子不趴下呢？"李华山左手抓一瓶八一军旗红，右手抓一瓶八一军旗红，双眼直逼吕主席……

孙书记生气了："李华山，你这个新兵蛋子，不得无理！吕主席在部队是我的老班长，现在是你我的上级……你给我坐下，马上给老首长赔礼道歉！"

"没事没事。老孙，你的这个部下真有酒量？"吕主席为官多年，场面上的事他很会处理。

"这个这个……"孙书记有点儿结巴，"听说他是伏牛山酒厂老厂长的儿子，反正酒量在我们法院无敌……"

"噢！我遇到对手了？"吕主席眯起双眼，认真打量李华山。李华山一米八的个头儿，膀大腰圆脸黑，活脱脱一个尉迟敬德，挺招人喜欢。

"哪个部队的？"

"燕山军区工兵旅。"

"干什么？"

"风钻手。"

"军事专长？"

"攻防战术。"

"啊，好兵！敢和我比酒吗？"吕主席把手伸了出来。

"不敢不敢！新兵蛋子怎敢和军区的酒王比酒！"

　　　　　　　　　　母亲的油饺子

孙书记站起把吕主席的手拽回来。

"如果老首长赏脸，小兵蛋子倒真愿领教领教——"李华山给吕主席敬了一个标准的军礼。

"好！老兵接招！"吕主席还军礼。这就是军人的个性。酒场、情场、战场，哪个军人不想得第一？

"停停停！"孙书记又站起来，"我都弄糊涂了。你俩是不是要比酒？"

"是。"酒桌上，两个转业复员军人异口同声。吕主席和李局长比酒，一场好戏哩。

孙书记笑吟吟地说："比酒，论高低，总得有赌注吧？"

"对，应该有赌注，否则没意思。"李华山附和。

吕主席正在做战前准备，头一点："你说了算！"

"孙书记赶快制定！"李华山又附和。

"老班长，那我说了啊！"孙书记看着吕主席。

吕主席突然伸手堵住孙书记的嘴："不准下违背党纪国法的注！"吕主席是老共产党员，这点警觉还是有的。

"这个自然。"孙书记说着话，示意李华山。

李华山从怀里掏出一张盖着法院公章的申请书，恭恭敬敬地递给吕主席，说："我醉了再送您四瓶八一军旗红，您醉了在这份申请书上盖个章……"

三

执行局正在召开作战会议。李华山高声大嗓："诸位，你们知道此战的意义吧？孙书记赔了一箱陈酿，美人媳妇昨夜硬是不让他上床！现在就看我们的了。我们必须用实际行动证明——我们都是男人！现在我宣布：一组赴吴青松老家，二组赴县工程指挥部，三组赴市工程指挥部，四组赴妙玉山庄招待所，我带领五组赴省建筑大酒店……"

李华山一行三人奔驰在去省城的高速公路上。时值金秋，公路两侧景色如画，树木葱茏，玉米棒换上了黄色的外衣，谷子地一片金黄，高粱低垂着羞红的脸，还有雪白雪白的棉花……但李华山无心看这些，他手握方向盘，眼睛不断瞄向后视镜……

"噢，又跟上来了！"李华山自言自语，嘴角闪出一丝冷笑。

"局长，谁跟上来了？"两名随行法官问，他们一个块头大，一个块头小。

"请勿与司机说话，不懂规矩！呃，安全带系好了吗？"

"系好了。"

汽车驶出丘陵地带，浊浊的黄河展现在面前。黄河缓缓向东流去，河面上有运货的小机船，吐着青烟，有

　　　　　　　　　　　母亲的油饺子

挂着白帆的渔船，还有柳叶船。柳叶船头站着凶猛矫健的长嘴鱼鹰和身材匀称、眉目清秀的渔家女。渔家女歌声醉人："黄河水呀浪打浪，金山哥打鱼黄河中，白日里鬼子逞霸道，金山哥打鱼趁月光……"

"真美，像画儿一样！"两个随行法官禁不住赞叹。

"咦，不见了？"李华山稍一分神，"鱼"没了。他减速，等等"鱼"。

"局长，怎么减速了？你累了吧？来，换换，我开会儿。"大块头法官说。

"猪脑子，你应该知道我为什么减速！"李华山盯着后视镜。

"噢，我是猪脑子！"大块头法官拍着脑瓜笑了。

"来了来了！"小块头法官嚷道。

后视镜里，那个小黑点又出现了。

"走！"李华山加速。

"再检查一下安全带！"李华山严肃地说。

进入山区了，高速公路紧贴着绝壁。绝壁上有棵老松树，松树上有两只猴儿。那猴儿一定是有结婚证的合法夫妻，当着天上的太阳、路上的汽车"干坏事"……

"兄弟们注意了！咱们要执行第三套作战方案了！"李华山大声说。李华山他们制定了三套作战方案：瞒天过海，声东击西，王佐断臂！

"局长，你悠着点儿呀。咱们三个可都是上有老，下有小呀。"两个法官小声嘟哝着，声音都颤抖了。

"这要是在战场上，你们也这样吗？不怕我枪毙你们？坐好了！老子的开车技术你们还不知道……"李华山大声吼着猛打方向盘。

"吱——砰——"右车轮掉进了排水沟，车身与绝壁来了一次亲密接触，车变形了。

三个人都受了伤。李华山的额头破了，血顺着脸颊流下，鲜红鲜红的……

四

吴青松天资聪明，在家乡读书，去省城上大学，入伍当兵提干，转业干工程一路顺风，现已坐稳伏牛县企业界第一把交椅。吴青松智勇双全，他为自己设了三处秘密指挥部，可谓是狡兔三窟。此时，他正在黄河风景区的一处别墅里，这里距省会郑州、古都洛阳、豫北名城焦作都很近。吴青松在这三座城市都有项目。其实，吴青松更愿待在老家的老宅里。都是农村出来的，谁和自己的老宅没感情？可是不中啊，他的老战友、老同学、儿时的光屁股伙伴李华山正到处找他呢。"不就是两千万元征地款嘛，我项目多资金周转困难，你让我再周转一圈，六个月后一分不少打到法院的账上，中不中？""不中！"李华山脑袋摇得像货郎鼓。唉，真是没有不变的友谊，只有不变的利益！为竞选副院长，你拿我当垫脚石，可恶！

"叮咚！"大屏幕亮了。

"讲！"吴青松点了一下办公台上的按钮。

"大帅，虎子报告：法院执行局的人来了！"吴青松外号叫吴大帅。

"好好接待，中午带到镇上真不同饭店喝酒唱歌！"

"叮咚！"大屏幕又亮了。

"大帅，豹子报告：法院执行局的人来了！"

"好好接待，中午带到牡丹洗浴城，一人开一间。"

"叮咚！"大屏幕再次亮了。

"大帅，狮子报告：法院执行局的人来了！"

"好好接待，中午带到妙玉山庄吃野味。对了，让小马金凤、小常香玉来唱堂会！"

…………

吴青松看了看腕上的金表，十点整。他心里有点烦躁："狐狸、苍狼到位了没有？虫儿现在在哪儿？"

吴青松三代单传。他爷爷咽气时叮嘱他爹："一定要让青松孙子给我生两个重孙子！"他爹含泪答应他爷爷的重托。第一胎是个长把儿的，他爹乐坏了，但目标还没达到。他长眠在地下的爷爷给他爹托梦："不准单传！"恰好国家允许生二胎，再加上貌若天仙的娇妻配合得好，就又生了一个长把儿的。今儿满月，他爹吵吵着要在老家大办满月席，他也想在老家办，让长眠在地下的爷爷奶奶高兴高兴。但李华山这个冤家对手，耳朵尖着呢，鼻子灵着呢。吴青松好不容易说服了爹，在省城办还有一层意思：宣传企业，扩大影响，扩展公司在省城的业务……

"叮咚！"大屏幕亮了。

"大帅，狐狸报告：我们已到位。"

"好。按我吩咐的办。完成任务有奖！"

"大帅，苍狼报告：我们已到位。"

"好。按我吩咐的办。完成任务有奖！"

…………

"怎么没有虫儿的声音？"虫儿是吴青松的小兄弟，偷鸡摸狗跟踪打探是行家。商场如战场，企业少不了这种人。吴青松命令虫儿跟踪李华山。吴青松深知李华山，在部队对抗演习中他俩没少斗智斗勇。办满月席这事儿，吴青松还真动了脑子。他到处放风：在老家办，在县城办，在洛阳办，在焦作办，唯独不说在郑州办——《孙子兵法》也！他估摸着李华山不可能识破他的计谋，但他不知道李华山在他身边安排有卧底。为保险起见，吴青松另做了安排：他派虫儿跟踪，他令狐狸在高速公路上别车占道，他令苍狼在高速公路出口碰瓷……总之，只要拖过了下午三点，就算李华山到了建筑大酒店也找不着自己了……

"叮咚！"

　母亲的油饺子

"大帅，不好了！"虫儿脸色蜡白。

"啥事？慢慢说。"

"李局长的车出事故了！"

"说具体点！"吴青松心里猛一揪，毕竟是光屁股发小啊……

"110、120都来了。李局长满脸是血……"

"人没昏迷，皮外伤，不心疼他！走！"吴青松抓起桌上的公文包，出了别墅。

五

满月席设在建筑大酒店，来贺喜的人络绎不绝，停车场里停满了小轿车。宴席厅富丽堂皇，灯光绮丽，音响里正播放着《百鸟朝凤》……

吴青松心情激动！门开了，喜庆公司的胖经理一躬到底："吴老板，十一点了，请您和客人入席——"

第一波"四碗席"上齐了，是豫西人喜欢吃的老洛阳风味套餐，两碗红肉，两碗白肉。过去物质匮乏吃不饱肚子，这四碗基本是每碗上边盖几片五花肉，下边则是红烧豆腐、油炸丸子。十年前人们刚刚填饱肚子，这四碗基本是每碗上边盖的是五花肉片，下边则全是两公分见方的五花肉块。现在人们不需要脂肪了，这四碗也就变成了用豆制品、青菜做成的四碗素菜，味道鲜美极了。且现在用的碗也不是过去用的大号碗，而是特制的大海碗，叫盆也中。好吃味美，客人多吃点，不长肚皮，不增加胆固醇……客人们喝的是吴青松的家乡酒——杜康，"何以解忧？唯有杜康"。

"现在请伏牛县伏牛建筑开发集团公司董事长兼总经理吴青松先生讲话——"主持人娇滴滴地说。

"鄙人代表犬子谢谢各位爷爷、伯伯、叔叔、哥哥！谢谢你们屈尊来喝我们爷儿俩的喜酒！我们爷儿俩对社会也没做出什么大的贡献……不对不对，主要是我。我受宠若惊！我谢谢诸位！"吴青松虔诚地一鞠躬、再鞠躬、三鞠躬……

"我们集团还有个大大的理想，打算在郑州发展……"

"现在请各家记者采访——"主持人宣布。

…………

吴青松的老爹端着酒杯走在前面，吴青松的妻子儿子紧随其后：

"谢谢爷爷！"

"谢谢伯伯！"

"谢谢叔叔！"

"谢谢大哥哥！"

…………

下午三点，酒足饭饱曲尽人散。吴青松和老爹、妻儿站在酒店门口送别宾客。最后出来的三个人不握吴青松伸过来的手，他们一左一右一前："吴青松，我们是法院执行局的，你被拘留了！"

"什么？你们说什么？"吴青松不相信自己的耳朵，张大了嘴巴！

"你被拘留了！"

"手续在这里。"脑袋上缠着纱布的李华山和拄着木棍的大块头、小块头从一辆出租车上走下来。

············

骆驼岭上的枪声

一

她打开玻璃窗，狂风卷着雪块扑面而来。她迅速关上窗户喃喃自语："他该来了，该来了！"他俩有个约定：每周二晚上他到她这里来。周二，这里是他们的二人世界。他们是老表，自小就认识。在这个小窝儿里，她喊他哥！厨房的案板上摆放着饺子。哥特别爱吃饺子，为此她专门到街上的饺子馆学习包饺子。今天她为哥包了麦穗形的、元宝形的、月牙儿形的饺子，她每样包了十个。

"当当……"墙上的挂钟响了八下。"该来了，该来了，你不饿我还饿呢。"平时哥都会在七八点之间到，今儿怎么了？开会了，战友聚会了，同事请客了？桌子上有电话呀，怎么不来个电话呀……"当当……"九点了。

她又一次打开玻璃窗，狂风裹着雪粒又一次扑到她脸上。她不怕冷了，抹一把脸上的雪水，脑袋伸出窗外，楼下没有他的小汽车，门口也没有进来小汽车。她真的饿了，真想自己煮几个饺子垫巴垫巴，但她忍住了。她希望和哥一起吃，她喜欢看哥狼吞虎咽的样子，她更喜欢哥夹起饺子喂进她嘴里……

她倒在沙发上睡着了……

钥匙转动，门开了。

她呼地起身，时钟正打十二点。

哥浑身是雪闪进来了……

二

"公社是棵常青藤，社员都是藤上的瓜。瓜儿连着藤，藤儿连着瓜……"榆树上的大喇叭正播放着社员们都会唱的歌。

惊蛰到了，春耕开始了。蓝天上悬着红日，飘着白云，白色的和平鸽从头顶掠过，发出悦耳的哨声。大车小车载着农家肥在路上奔跑。地里有往外抱谷草、玉米秸的女人，她们把谷草、玉米秸扔到西边的深沟里；地里还有手握铁锨撒粪的小伙子，还有正在拾掇绳索犁耙的牲口把式们，他们身边的骡马弹蹄甩尾打响鼻。男男女女的笑声、调情骂俏声、劳动的号子声、和平鸽的哨声与大喇叭播放的歌声交融在一起……

突然，一个头上裹着海蓝色纱巾的中年妇女尖叫道："我看见鬼了——"

不是鬼，是尸体！

两辆警车呼啸而来。从第一辆警车上下来三个警察，一位威风凛凛的大个子警察，身后一左一右跟着两个年轻警察。第二辆警车也下来三个警察，其中一个是女警察。"公安局长来了！老大队长来了！"围观的人自觉闪开一条道。大个子警察是伏牛县公安局局长，姓铁。铁局长冲乡亲们点点头，径直来到一座墓穴前。此墓穴好多年了，因在沟边，不影响耕种，所以没有管它。今天若不是那位大妹子失足掉进墓穴，谁也不知道里面有具尸体。墓穴中的尸体，身上的肉都被野狗吃完了，只剩下一堆骨头和破烂的衣服、鞋袜……

按照办案程序，事发现场戒严，拍照，收集证据，证据带回局里化验、甄别、比对。

年轻警察有些胆怯，铁局长率先跳进墓穴。围观的乡亲们伸出大拇指："铁局长，好样的！""铁队长，威风不减当年啊！"

铁局长是老革命。抗日战争时他是县游击队大队长，解放战争时他是县独立大队大队长。

铁局长戴上手套，一根根一块块地把死者的骨头捡起来，装进塑料袋里……在捡头骨时，出了点儿意外，

　　　　　　　　　　母亲的油饺子

因为没抓牢，头骨几次从他手里滑落下来。铁局长皱皱眉头，随手拿起一块砖头，在死者头骨上砸了几下，然后把砸碎了的头骨一块块装进袋子里……

远处几只野狗冲着警察发出呜呜的声音。警察断了它们的美餐，它们不高兴哩。

三

专案组成立了，铁局长任组长。此时，铁局长正坐在办公桌前看文件。这份文件是技术部门送来的尸检报告：

姓名：不详

籍贯：不详

性别：女

身高：约160厘米

死亡时间：约三个月前

…………

铁局长抄起电话，通知专案组成员开会。

大嘴村，存在多少年了，谁也说不清楚，村中一棵皂角树，四个人手拉手才能抱住。皂角树的树冠半亩大，是村民们聊天、下棋、打牌的好地方，也是村民开会、艺人表演的好地方。皂角树北边有一座举人府第，高门楼，上马石下马石，狮头铜门环。门楼下的罗圈椅里坐着一位须眉皆白的老者，老者身边坐着一位颇为秀气的村妇，正在纳鞋底子。半晌天，一匹枣红色的瘦马拉着一辆胶轮车来了，车上有三人，一个拿着红缨长鞭赶车的瘦高个，一个浑身赘肉的小胖墩儿，一个不胖不瘦、不高不低浑身透着机灵的机灵鬼。车上还有两条吐着舌头、喘着粗气的狗。他们来到皂角树下，双手抱拳："大嘴村的老少爷们，俺们是太行山的杂技团，俺们今天给诸位表演狗咬架，说文雅点，叫张飞战马超……"

"哐哐哐……"锣声响了。一黄一黑两条狗，并肩蹿入场内。这两条狗受过专业训练，它们你瞪着我，我瞄着你，在场内兜圈子。它们在寻找对方的弱点，寻找进攻的机会。它们每转三圈就会停下来，仰起头，冲着太阳，大吠三声。它们太成熟老练了，太精于战术了，莫非它们真的是张飞、马超转世？"呼——"一阵风起，黑狗四蹄腾空蹿到黄狗尾后，低头咬住了黄狗的后腿……

"叭叭叭——"瘦高个甩起长鞭。

黑狗松了口。

"嚯嚯嚯——"机灵鬼一声尖厉的口哨，黄狗在地上打个滚，转头向北边的举人府第逃去。

"黑子，追！"小胖墩儿一声令下。

四

　　模拟画像出来了，别说，死者还挺好看，齐耳短发，瓜子脸，大眼睛。上身穿短款花格子棉袄，粗毛线套头衫；下身着斜纹蓝布裤，棉靴。悬赏令下来了，只要提供的线索有用就能获奖三百元，而提供死者姓名、住址、工作单位等重大线索者奖五百元！

　　今天，铁局长亲自带队到各乡镇张贴。路上，铁局长手痒了，替司机开了会儿车，车速飙到一百迈。临近中午，他们来到骆驼岭，铁局长说歇一会儿吧。车停了下来，他们都下了车。年轻警察坐在路边闲聊，铁局长则站在岭上双手叉腰向远处眺望。山风掀起他警服的一角，颇有大将军气派。骆驼岭位于伏牛县中部，东西走向，海拔五百米，是战略要地。岭两侧梯田层层……

　　"啊——"铁局长吐了一口气。

　　"局长，听说您在这岭上和小鬼子干过仗？讲讲您打仗的故事呗！"

　　"那是敌人大扫荡。为掩护伤员撤退，分区首长命令伏牛县游击大队在骆驼岭阻击敌人。我老铁是本地人，对这一带很熟悉。我们采取层层设防的方式阻止敌人前进。我们一共设了九道防线，一道防线一个排。防线与防线之间的间距长短不一，有的间隔三十米，有的间隔一百米，因地形而定。每道防线的位置不仅要利于阻击，还要便于撤退。因为鬼子有钢炮，他们一旦确定防线的位置，就会集中炮击。我老铁才不吃这个亏呢。敌人的武器比我们好，但我们占据了有利地形。敌人猫着腰端着枪上来了，我们集中火力猛打。敌人调来了钢炮，我们撤了。每道防线前都会留下几十具敌人的尸体。红日头压山了，敌人发起了猛攻，大队日本兵朝我们冲来。子弹铺天盖地地向我们射来，打得我们连头都抬不起来。但王八蛋们小看我们了……唉！那次我们游击大队也损失不小——政委没了，一、三中队长没了，一个排的战士没了……"

五

村外的小树林里，瘦高个男子用树枝在地面上比画着："从这里到他家，要经过五户人家。""小胖墩儿，你带了几份狗食？""三份。""不够啊！""政委，你命我带狗食，没规定份数呀！""你挎包的饭盒里还有一份呢！""头儿，那是我的晚饭！""先给老乡家的狗吃吧！不单你要交出来，机灵鬼的饭盒也要交出来，回去我让老炊给你俩一人加四块红烧肉……"显然他们是战斗经验丰富的老兵。瘦高个、小胖墩儿、机灵鬼正是白天在皂角树下表演杂耍的艺人。

三人来到一户人家的院墙外，小胖墩儿在墙根处蹲

　　　　　　　　　　母亲的油饺子

下，瘦高个上了小胖墩的肩膀，机灵鬼又上了瘦高个的肩膀。

高门楼下，装着狮头铜门环的大门轻轻打开了，又轻轻关上了。不错，这里正是举人府第，它的正南方有一棵皂角树。

"笃笃！笃笃！"

"谁呀？"女人睡意正浓。

"老三家的，是我。政府的人来执行任务。待会儿，无论外边发生什么事都不准声张、不准出来！"

"唉。支书大哥，俺知道。俺也是共产党员。同志们饥不饥，要不要俺给同志们做一锅玉米面糊糊吃？"

"同志们不饥，办完事就走。大爹也是共产党员，他耳朵聋听不见，就不打扰他老人家了。但你不准告诉他。这是纪律……"

院内，瘦高个指着一处墙角，低声说："这儿。"又指着一棵杏树，低声说："这儿。"末了，瘦高个又来到茅坑边。

顷刻，院内响起镢头刨地的声音……

六

专案组正在开会。铁局长盯着专案组成员，说："各位，我们要尽快破案，否则对不起诸位父老乡亲……"

"丁零零……"桌上的电话响了。

"哦,李书记!好好,我马上到。"

"省和地区来人了,李书记要咱们马上过去。走,咱们一起去县委。"铁局长熟练地把手枪插进枪套。

县委会议室,长方形的会议桌前依次坐着省厅督察组组长、市公安局局长、县委李书记。会议室门口士兵把守,都佩着枪。

铁局长一行人来了。门口士兵伸手拦住,态度严肃:"请把枪交出来。"铁局长一愣,继而双眼冒火:"我的枪也下吗?"会议室内省厅督察组组长站起来大声说:"大名鼎鼎的神枪手铁四功可以带枪!""哟,是军分区老参谋长呀!"省厅督察组组长是铁局长的老上级,打小鬼子的时候他就是军分区参谋长了。铁局长甩开双臂大步走入会议室。突然门后闪出一高一低一胖三个人,他们以迅雷不及掩耳之势抓住铁局长的胳膊,下了铁局长的枪。"你们干什么?"铁局长豹眼环睁,声如炸雷。"嗨——"铁局长何许人也,一运气一咬牙一跺脚一旋身,挣脱了束缚,又闪电般夺回了枪。

可枪内没有子弹了。弹匣在高个子的手里!

"铁四功,你被捕了!"

…………

七

嫌犯铁四功不是一般人，因此一开始就成立了一明一暗两个专案组。明的专案组，组长铁四功。暗的专案组，组长孙江，组员李山、王树，即瘦高个、小胖墩儿、机灵鬼。

县委会议室，孙江正在审讯铁四功。

"法医同志，你说说死者头骨的事吧！"

"好。"四十多岁的法医站起来，"铁局长，那天，你第一个跳下墓穴，我挺感动。但你用枪把子砸碎死者的头骨，我就不明白了，我就对你产生了怀疑。后来，我在死者的头骨上检查出了枪眼，很明显死者死于枪杀。"

李书记接着说："根据尸检报告，我们确认死者死于枪杀。经过进一步比对，我们发现打死死者的枪，目前我们县只有两支。一支保存在枪械库，另一支在铁局长你的手中。我们调取了枪械库最近半年的记录，认定没有人使用过这支枪，那么嫌疑人就只剩下铁局长你了。"

"确定了嫌疑人是铁局长后，我就带着李山、王树去了铁局长你的老家。为了不引起你的注意，我们化装成杂耍艺人，在警犬的帮助下，我们找到了血衣。同时，我们还派人调查了你的表妹……"孙江接着说道，"我们还调查清楚了死者的信息，死者名叫桂花，生前与你表妹是邻居，独居。二人十分要好，无话不谈……"

"铁四功，你还有什么要说的？"

"为了给表妹买房，我贪污了修水渠的款。这事后来被桂花知道了，她拿此事要挟我，一怒之下，我失手开枪打死了她……

几个月后将在骆驼岭对铁四功执行枪决。之所以选在骆驼岭，而不是北河滩，这是铁四功的请求：

"骆驼岭上我打死了一百零三个鬼子，我的五十一位战友也战死在这里……

"我要让活着的战友记住我的教训！

"我要去给牺牲了的战友站岗放哨！"

…………

母亲的油饺子

一九四四年的年夜饭

除夕夜，军队离退休干部休养所一号楼一七〇四室灯光雪亮。椭圆形餐桌前，军休干部李胜利居上席，他的左手边依次坐着儿子、儿媳、孙子、孙女，他的右手边依次坐着女儿、女婿、外孙子、外孙女。餐桌上已摆满了菜：洛阳燕菜、栾川豆腐、嵩县卷煎、洛宁扁馍、孟津牛肉、偃师银条等，还有杜康酒、红葡萄酒。李胜利是老八路，他身子骨硬朗，面色红润。他从椅子上站起来，端起酒杯朗声道："来，孩子们，让我们端起酒杯。"孩子们也都站了起来。"第一杯酒敬我们伟大的祖国！"老人一饮而尽，孩子们也一饮而尽。"第二杯酒，敬为革命事业而牺牲的战友们！"老人语气庄严而沉重，眼里含着泪光。"第三杯酒，"孩子们异口同声，"敬我们家的老八路李胜利同志！"老人哈哈大笑，幸福地将杯中酒一饮而尽……

老八路李胜利有酒量，儿孙们敬酒，他来者不拒。酒至半酣，老八路李胜利突然说："孩子们，我吃了九十多回年夜饭，哪一回也没有一九四四年的香……"

小镇上传来鞭炮声，武工队队长许明再也睡不着了。他大骂道："娘的，这也太气人了！鬼子、汉奸张灯结彩吃年夜饭，我们在这破窑洞里饿肚子！不行，我们也要吃顿年夜饭！"

"队长，俺去弄葱！"小嘎嘣豆儿一个鲤鱼打挺坐了起来。"队长，俺去弄猪肉！"周呼兰呼地坐了起来。"队长，俺去弄面！"山旺大叔躺在麦秸窝儿里说。"队长，俺去弄锅碗瓢勺子！"猴儿也凑了过来。

"啊，你们都没睡着？"许明队长环顾左右。

"没有！"武工队队员们异口同声。

"嘘！小声点！"许明把食指竖在嘴前，"别把熊黑子聒噪醒了。他今天送情报走了一百多里路呢！"

熊黑子睡在窑洞最里边的麦秸窝儿里，本是鼾声如雷，鼾声却戛然而止，熊黑子连滚带爬跑出来："恁美的事你们想把俺隔过去吗？石狮子屁股，没门！""你小子，"山旺大叔在他脊背上砸了一拳，"睡着了还偷听俺们说话！"

许明说："你今儿太累了，我们想让你吃现成

　　　　　　　母亲的油饺子

的！""得得，俺的队长大首长，别卖乖了！要不是俺睡着了比醒着灵，您肯定把刷锅洗碗的活儿留给俺！"熊黑子阴阳怪气地说。"那么，你就做接应吧，今年不比往年，小鬼子防范加严。我们刚从敌人的封锁圈里跳出来，现在又去敌人的模范区弄食材，危险重重。要万无一失才行！饺子要吃，脑袋更重要啊！"许明笑着说。

"不中，俺这人喜欢啃硬骨头！俺去弄盐！"

小嘎嘣豆儿直奔北庄而去。前日他去北山侦察，途经北庄，发现大地主王二棒子的后场院里摆满了大葱。去拿一捆不就得了？反正他家的大葱也是剥削穷人来的。二里多地路，小嘎嘣豆儿蹦蹦跳跳一会儿就到了。他是小孩儿，不惹人眼，很容易就溜进了鬼子建立的"模范村"。街上，一群孩子正在放花炮。"啪——咚——啪啪啪——咚"，小嘎嘣豆儿眼馋地盯着看，他的手心直痒痒，他真想放几只二踢脚过过瘾！但是自己重任在肩呀。他狠狠地咽了口唾沫，迈步离开了。他来到大地主王二棒子的院场后边。这里有一棵洋槐树，上了树杈就可以跳进院场了。爹娘活着的时候，家里揭不开锅，他到这个院场内偷过胡萝卜。后来爹娘被鬼子杀害了，他参加了八路军武工队，再没来过这院场。小嘎嘣豆儿摸了摸树干，看上面有无圪针和牛屎，又弯腰捡起一块土坷垃投进院内，探探王二棒子家的大狼狗在不在。啊，不在！

小嘎嘣豆儿紧紧裤带，往手心啐了几口唾沫，噌噌噌上了树……

　　猴儿直奔自己家。猴儿出身伏牛山显贵人家，爷爷是同盟会会员，参加过武昌起义。沦陷前，父亲是国民党伏牛山地区的卫戍司令，沦陷后又出任该地区的治安司令。猴儿是独子，读书时接受了马列主义，加入了共产党。他是延安来的文化青年，分区皮司令有意把他放到武工队锻炼。猴儿原计划去附近弄一套锅碗瓢勺，后一想武工队二十多号人呢，庄户人家没有那么大的铁锅。能弄到军用的行军锅最理想，自己家刚好有这种行军锅，好几口呢。猴儿胸有成竹，他悄悄地进家，悄悄地找到厨娘大姨借锅碗瓢勺。厨娘大姨是个好人，做过他的奶娘呢，肯定会帮忙。猴儿真名叫侯中华，因身材瘦小胳膊长，人送绰号猴儿。猴儿来到自家大院前，他不能走正门，正门有站岗的伪军。他绕到后门，后门守门人是家里的老长工，自己儿时曾缠着他骑大马掏鸟蛋呢……

　　山旺大叔溜进戒备森严的"模范村"。他轻轻敲着村南头倒数第三家的破旧门扇，叽里咕噜的说话声从门缝里飘出。"老五！"山旺大叔小声呼唤。"谁呀？"门开了，一个又高又瘦的汉子探身门外："啊，是山旺兄弟！"他一把抓住山旺大叔的胳膊，"往年除夕你们八路军都到家里来吃饺子，今儿……""走，屋里说。"山旺大叔捏了捏老五的手，警惕地瞄了一眼身后的街道，迅速闪进门。八路军有纪律，拿老百姓的东西必须付钱。老五是八路军武工队的堡垒户，山旺大叔来借面，可以打借条。

屋里头，如豆的灯光下，老五一家人正在包饺子呢。老五的娘，一位身体还算硬朗的老太太拍打着手上的面粉，喜形于色地说："老天爷，可把你们盼来了。刚才俺还叫五儿去请你们呢。五儿说鬼子汉奸看得严，出不了村！"老五的媳妇，一个厚厚实实的女人腼腆地递过来一只木墩，说："快洗洗手包饺子吧，包好了咱们一块吃。""俺来借点儿麦子面……"山旺大叔说明来意。堡垒户老五愣了一下，说："面有。但你们那儿条件差，有面不一定有肉，有肉不一定有菜，有菜不一定有盐……干脆在俺这儿，咱们包好了，放瓦罐里你拿回去……"

"山旺叔，"老五四岁的儿子蛋蛋从内屋跑出来，一个跳跃双手钩住了山旺的脖子，小嘴冲着耳朵嚷，"这回该教俺打大肚匣子了吧？"蛋蛋伸出右手去摸山旺腰间的驳壳枪。山旺大叔、老太太、五嫂都笑了。老五没笑，沉着脸说："下来，快下来！让你山旺叔喘口气，一会儿俺俩还要说话哩！"山旺大叔笑着，把蛋蛋放在自己腿上，说："这样不碍包饺子！"

"那俺去运皮！"蛋蛋从山旺的腿上哧溜下来。

五嫂把油灯拨亮了一些，大家一边包饺子一边说话。

老五家有十几亩地，喂了头大黄牛。他读过私塾，为人刚直正派，曾掩护过八路军伤员。他向山旺大叔打听抗战形势。山旺大叔想了想把自己知道的全倒了出来，分区部队端了鬼子的几个炮楼，缴了几个伪军小队的枪……末了他激动地说："分区皮司令讲鬼子汉奸猖狂不了几天了，过罢年咱们就要主动出击了……"

星光闪烁，夜色正浓。弄盐的熊黑子和弄肉的周呼兰一前一后走在田间小路上。周呼兰紧走几步赶上熊黑子，气喘吁吁地说："黑子兄弟，你打算到哪儿去弄盐？"

"进据点！"熊黑子头也不回地说。

"进据点？那太危险了，为一把盐值得吗？"周呼兰扯住熊黑子的衣袖。

"咋不值得？"熊黑子反问。

"一把盐，到堡垒户家里不能弄点？"

"哈哈哈！"熊黑子笑了，"你说得轻巧，盐现在奇缺，别说堡垒户家里没有，即是有一星儿半点儿，咱们好意思从老百姓嘴里掏？"

"俺觉得这个时候进鬼子据点太危险了。"周呼兰实事求是地说。

"危险？"熊黑子拍着腰间的大肚匣子哈哈大笑，"俺熊黑子打从娘肚子里蹦出来就不知道啥叫危险哩！"

"黑子兄弟，你又开吹了。"周呼兰声音严肃，"不

母亲的油饺子

要忘了现在是除夕夜，鬼子汉奸肯定戒备森严！"

"哈哈哈！"熊黑子又放声大笑，"呼兰哥，俺看你也太小心了！据点今晚戒备森严，这是肯定的，但俺熊黑子也不是熊包！凭俺的手段，还能进不了小鬼子的据点……"

"呃！"熊黑子停住步，"呼兰哥，你去哪儿弄肉？"

"保密！"周呼兰狡黠一笑，闪到另一条路上。

周呼兰早就打定了主意，去表妹秋荷家弄猪肉。他与表妹秋荷的爱情故事，武工队队员都知道。周呼兰一表人才貌似潘安，表妹秋荷花容月貌美若西施，他俩是天生一对地造一双。双出双入下田干活、上山采药，方圆左右青年男女莫不羡慕。但鬼子来了，汉奸队长看上了秋荷。汉奸队长诬告秋荷的父亲通八路，带着十几名汉奸，把秋荷的父亲绑在河滩的刑场上，午时三刻要枪毙。汉奸队长声言：要是秋荷当众亲他一口，答应嫁给他，他便放了她父亲！当时周呼兰也在场，他怒目圆睁钢牙咬碎也没有办法，只好松开了秋荷的手！只要能换回父亲的性命，就是去死，秋荷也毫不犹豫。狗日的鬼子，驴日的汉奸队长。周呼兰投奔了八路军武工队。前月，武工队从镇上经过，一个小娃儿塞给周呼兰一张字条，上面写着："表哥，你好吗？"那天夜里周呼兰失眠了，他知道表妹没有忘了自己，自己也没忘了表妹呀。好多次，他都梦见和表妹秋荷在一起。他把此事向队长许明做了汇报。许明是一九三八年加入八路军的，枪打得准，还识文断字。队长同意他们联系。他们秘密见了两次面。汉奸队长仗势在镇上开了一家肉铺。周呼兰来到镇上没费事就见到了表妹秋荷。此时汉奸队长正在酒楼里同别人喝酒呢。表妹秋荷麻利地砍了几斤肉，打了包。周呼兰接过包转身要走，表妹秋荷从背后抱住了他……

"咣咣咣！"门外响起一阵急促的敲门声。"开门！老子回来了！闩啥门哪？""呼啦啦！"门被踹开了。"啊哈！八路军武工队周呼兰，自己送上门来了！该老子发洋财了！"一支枪顶住了周呼兰的太阳穴。"当家的，求你放了俺表哥！"秋荷给汉奸队长跪下了。"臭婊子，滚一边去！"汉奸队长一脚把秋荷踢倒。"走，跟我到大队部去！"汉奸队长大声指挥周呼兰。

周呼兰慢慢地爬起来，慢慢地下炕，慢慢地穿鞋，他在寻找机会反攻……汉奸队长虽喝了酒但没醉，他的王八盒子一直顶着周呼兰的太阳穴。

在武工队里，周呼兰跟熊黑子练过几招搏击，其中就有徒手夺枪！

"走！到大队部去！"汉奸队长大吼道。

周呼兰举着双手向屋门口退去。表妹秋荷挣扎着站起来，汉奸队长那一脚踢得够狠，秋荷的额角、嘴角流着血。到屋门口了，周呼兰猛地往下一缩身，一个后滚翻，

　　　　　　　　母亲的油饺子

同时双手扯下门帘，甩向汉奸队长的脸。汉奸队长手中的王八盒子响了，子弹从周呼兰的头顶呼啸而过。汉奸队长准备开第二枪时，周呼兰的右手食指已在王八盒子的扳机里了。王八盒子的扳机被周呼兰的食指撑死了。两人进入争夺战，一个回合，两个回合，十个回合……

"嗨！"周呼兰大吼一声，另一只手也抓住了枪。"嗨！""嘿！""嗨！嘿！"王八盒子一会儿在周呼兰怀里，一会儿在汉奸队长怀里。渐渐，周呼兰体力不济了。

周呼兰正想着如何摆脱被动局面，突然，汉奸队长撒手倒下了。

脸色惨白、浑身发抖的秋荷站在周呼兰面前，她双手抱着血淋淋的剪刀……

屋门外响起脚步声："队长，龟田太君来电话……"

"咋办？"表妹秋荷慌了。

"走，跟俺去武工队！"

前门开了。

后窗户也开了。

一包猪后臀肉还在案板上呢。

猴儿见到厨娘大姨说明来意。厨娘大姨激动得眼泪哗哗，她把军用锅，还有碗、筷、勺子、菜墩儿、菜刀等装进一只大麻袋里，催猴儿快走！

"中华回来了？"来人堵住了厨房门。他叫侯山岳，是猴儿的亲爹，现为伏牛山地区的治安司令。今日他在老宅宴请跟随自己多年的老部下。

"老爷！"厨娘大姨伸开两臂用身体护住了猴儿。

"不孝儿给老爹拜年来了。"猴儿掏出大肚匣子直直地指着老爹。

"中华，不能用枪指着你爹！"厨娘大姨大声说。

"他不是我爹，他是大汉奸！"猴儿声音更大。

"我没有你这个不忠不孝的小鳖儿子！厨姐闪开，我一枪毙了这个小鳖儿子！"侯山岳气得脸发青手发抖。

"中华，你爹不是汉奸！月初，蒋委员长还给你爹颁发了一张任命书呢！是啥，啥，伏牛山战区游击总司令！"厨娘又转身护住了侯山岳。

"是吗？"猴儿直视着老爹。

侯山岳点头。

"没骗我？"

侯山岳又点头。

猴儿慢慢收回枪。

侯山岳的眼睛湿润了……

侯山岳示意厨娘送少爷出去，家里保不准有鬼子的耳目呢。

猴儿背上麻袋跨过门槛，突然又转过身，大肚匣子那黑洞洞、阴森森的枪口又朝向了老爹。

"中华？"侯山岳愕然。

　　　　　　　　　　　　　母亲的油饺子

"爹，你必须证明你是爹……不对，你必须证明你不是投敌叛国的狗汉奸！"猴儿一字一句地说，声音低沉而有力。

"……"侯山岳摊开双手。

猴儿冲爹的腰间努嘴。

"干了两年八路军，还是猴子一个！"侯山岳明白儿子的意思，他摘下腰间的勃朗宁手枪。

"这只能证明百分之五十，明晚你再送十支三八大盖到西山山神庙……"猴儿神情严肃，语气冰冷。

西北风呼呼地吹着。熊黑子伏在据点外的壕沟里，如同泡在冰水里。鬼子今晚盘查得严，训斥声、打骂声、狗吠声、求饶声不时传来，使人毛骨悚然。熊黑子身上有良民证，还有大肚匣子，他得先找一个伴儿，掩护他混进据点。但是除夕夜家家都在吃团圆饭，进出据点的人实在太少了。自他来到这里，一共来了三拨人。第一拨是鬼子的特务队，第二拨是戴眼镜的读书人。读书人有正义感，愿意掩护熊黑子，但熊黑子不敢与他们同行，因为读书人头上冒汗说话结巴。第三拨是进城给小孩看病的婆媳俩。如果熊黑子顶着小孩爹的身份，那是再好不过了，可他怕耽误小孩看病……

时间已经过去很长了，弟兄们可能都已经完成任务了，只差盐了，熊黑子有点儿急了。

这时远处传来"沙沙沙"的声音。熊黑子将耳朵贴在地上，啊，是一辆自行车！截不截？熊黑子问自己。截！他下定了决心。战乱年代，骑自行车的肯定不是一般的老百姓。"沙沙沙"的声音越来越大，熊黑子跃上路面，装作醉酒，东倒西歪地走着不规则的"之"字。"丁零零……"车子飞来了，它带来的风吹到熊黑子的后脑勺上。骑车人发现了醉汉，按响车铃。熊黑子瞄一眼骑车人，当机立断左跨一步。"丁零零……"又一阵急促的车铃声。"醉鬼找死！"骑车人骑车技术娴熟，麻溜地拐到了右边。好利索啊！熊黑子一惊，眼睛瞪大了。骑车人眨眼间就要过去了。嘿，到手的雀儿想飞？也不打听打听俺熊黑子何许人也！熊黑子就势倒地一滚，双腿猛地一蹬，骑车人连同车子摔倒在地上！"哎哟！疼死爷了！"骑车人趴在地上，抱着脚脖子发出痛苦的呻吟。"呀，这不是张大掌柜吗？"

　　该熊黑子走运，崴了脚的骑车人正是鬼子开办的樱花号货栈的掌柜……

　　小嘎嘣豆儿凭着记忆，向放大葱的地方走去。乖乖，怎么没有了？他走到地方伸手一摸，地上光溜溜的，一根葱叶也没有。是不是俺记错地方了？他又走到另一边一摸还是没有。哎呀！他揪住了自己的头发，俺真憨，王二棒子晒大葱是过年用的，今儿是大年三十，大葱还能放在这儿？他沮丧地从原路退了回来。站在十字街头，小嘎嘣豆儿贪婪地瞄了一眼夜空中五颜六彩的礼花。院场里没有，哪里有呢？如果是在白天，你就会看到我们的小武工队员小嘎嘣豆儿是怎样眨巴眼睛的。可惜是晚上，你看不见。这个十四岁的小家伙有个怪毛病——思考问题时爱眨巴眼。熊黑子、猴儿觉得好玩，常逗他眨巴眼。可队长许明不高兴，只要看到他眨巴眼就训斥："小嘎嘣豆儿，在哪儿学的尿毛病？再眨巴眼当心找不下媳妇儿！"眨巴了一会儿眼，小嘎嘣豆儿心想，后院场没有，厨房肯定有！不中，不中！他又摇头否定了。王二棒子家墙高院深，有守夜人，还有狼狗，怎么进得去呢？中！中！一会儿他又高兴了。他想起了光屁股朋友小永。小永现在是王二棒子家的猪倌。对，去找小永！他双手拍着屁股撒开脚丫向王二棒子家奔去。王二棒子是有名的大地主，家有田地三百顷，大小老婆五个，长工二十个，护院人没零没整一个班的建制！他虽没给鬼子做事，但他外甥是鬼子的翻译。这宅院真气派啊！临街坐北朝南一溜儿二层小楼，宅院四角各有一座岗楼，岗楼里有持枪的护院。小嘎嘣豆儿来到大门洞前，礼貌地说："大叔，俺找小永！""汪汪！汪汪！"两只狼狗狐假虎威地叫起来。小嘎嘣豆儿本能地后退几步，又礼貌地说："大叔，俺找喂猪的小永！"一个穿黑大褂背长枪的护院出来了，冷冷地说："小叫花子，大年三十，晦气！这院里没有小永！"

"有呀，大叔！"

"滚！再不滚，放狼狗了！"

见不到小永就弄不到葱，弄不到葱就完不成任务，肯定会被那帮大人笑话。更重要的，饺子没有葱那就不算饺子呀！小嘎嘣豆儿的眼睛又眨巴起来。

嗳，去找春茂叔吧。小嘎嘣豆儿去过他家。

不中，他家穷得吊起锅来当钟敲，哪有葱呀！

嗳，俺怎么就没想起来去找姨表哥呢？他家肯定有葱，姨夫有地有驴，闲时还进城拉脚呢！不中！不中！小嘎蹦豆儿又摇头了。亲姨母死了，现在的姨母嫌他家穷，早不来往了。还是去找齐奶奶吧。

哎，一想到齐奶奶，小嘎嘣豆儿的鼻子发酸了。齐奶奶是武工队的老堡垒户，小嘎嘣豆儿曾在她家里养过伤。上个月，由于叛徒出卖，齐奶奶被鬼子抓走了……

噫噫噫，这叫俺到哪儿找葱呢？葱肉饺子是世上最好吃最好吃的饺子，没有葱，唉！个头儿没枪高，还没长开的小嘎嘣豆儿犯了难。自从参加武工队，小嘎嘣豆儿还没有作过恁大的难哩。队长让他去送信，他能准时送到。队长让他去取情报，他能设法取回来。队长命令他去侦察，他乔装打扮，两只眼睛可尖了……

这会儿，小嘎嘣豆儿着急了，是真的着急了。他顺着街道小跑起来……

　　　　　　　　　　母亲的油饺子

扑通！小嘎嘣豆儿结结实实地摔了个大马趴。"日你奶奶！"他又气又恼，伸手去摸脚下的东西。啊，是截糠萝卜头！萝卜，糠了的萝卜！小嘎嘣豆儿心底一亮，糠萝卜切碎了、煮熟了，拌上肉、放进盐、盘成馅，包饺子也能吃呀。妈妈活着的时候，他吃过三次。他趴在地上瞪大眼睛，看看还有没有糠萝卜头。

真巧，他这一跤跌在有钱人家的垃圾堆旁，这里有一堆糠萝卜呢。

"什么的干活？"

山旺大叔背着一个大包袱，大包袱里是一个大瓦罐，大瓦罐里装着饺子。五嫂还在瓦罐里放了大量的面。山旺大叔刚刚闪出村口，迎面来了一队鬼子的巡逻队。

"八路军武工队的干活！"山旺大叔自知走不脱，率先开了火。"土八路的有！土八路的有！"鬼子嚷着趴在地上还击。山旺大叔背着包袱夺路而走。只要冲过交通沟，鬼子就没有办法他了。

"抓活的！抓活的！"鬼子紧追不舍。"轰——"山旺大叔看鬼子逼近了，甩出一颗手榴弹。"抓活的！抓活的！"鬼子依然紧追不舍。"叭叭叭！"冲在最前边的三个鬼子倒下了。

鬼子越来越近。山旺大叔又丢出一颗手榴弹。

距交通沟只有十几米了。山旺大叔准备丢出最后一颗手榴弹，然后乘机冲过交通沟。不想，一颗子弹咬住了他的腿，"扑通！"他摔在了地上。

山旺大叔咬着牙，试着站起来，但他挣扎了几次都不中。他终于站起来了，可一挪步，"扑通"又倒下了。

山旺大叔走不了了。那么爬吧，他艰难地向交通沟爬去。鬼子距他越来越近。娘的，拼了吧！他拧掉最后一颗手榴弹的后盖……鬼子向他冲来。死，对于山旺大叔来说并不可怕。他的爹娘饿死在南岗子的破窑洞里，他的妻儿惨死在鬼子的机枪下。他的战友，一个个在他面前倒下。何况，今晚他已经打死了七八个鬼子……但他又有点儿不舍得，他再也见不到队长、熊黑子、猴儿、小嘎嘣豆儿了，再也见不到那些并肩作战的武工队队员了。他们也吃不上他弄来的饺子了。

"抓活的！抓活的！"鬼子距山旺大叔只有十几米远了。

"叭叭叭！叭叭叭！"正在这时，鬼子的屁股后边响起了枪声。

队长许明带人接应来了。

许明一行八人，背着受伤的山旺大叔，过了交通沟又过了圪针墙，来到列疆岭。回窑洞的路有好几条，为避开鬼子的巡逻队，许明决定走列疆岭。列疆岭海拔一千多米，岭下有一条通道。此通道能走人走骡马，但不能走四轮车。

许明停住脚步，运运气，说："来，我背着山旺同志，咱们过岭！"一陕北籍队员抢过来说："队长，阿来背！"许明队长笑了："路不好走，你没走过，我哧溜过三趟了。过了岭你背！"

沟底小路弯弯曲曲，坑坑洼洼。沟两边有五十度左右斜坡，有九十度左右峭壁。腊月底，天上没有月亮，光线很差。武工队队员都身经百战，走夜路险路是强项。路走到一半，他们停下来喘口气。山旺大叔挣扎着说："队长，别背俺了。给俺弄根棍子，俺拄上能走！"

"扯淡！"许明又迈开了步。

"许明师兄听着，我是你师弟昌平……"突然沟里爆出一个声音。

"许明师兄听着，我是你师弟昌平！"

"许明师兄听着，我是你师弟昌平……"声音在峡谷里回荡。

许明一惊，打了个激灵，站住了。昌平是他老师的孩子。两人同岁，许明比昌平早出生三天，两人跟着同一个老师读书习字。后来他们长大了，鬼子打进了河北。哥俩听老师的话参加了八路军。第二年许明当上了八路军的连长，昌平却叛变了，当了鬼子的保安司令……

"师弟怎么会出现在这儿呢？"许明在心里嘀咕，然后大声问，"师弟，老师、师母可好？"提到老师，许明的鼻子发酸。师生如父子啊！

"不好。他们被大佐抓了。上周，你们在黄河渡口打死的中佐，是大佐的胞弟。有人向大佐说了我们俩的关系，大佐抓了我的父母！大佐指名道姓说是你开的枪。我想也是，一枪中眉心，别人没这本事……"

"师弟，说重点！"听到老师、师母被抓，许明的心如刀剜般疼痛。

"大佐说只要你归顺皇军，他既往不咎，任命你为保安总司令，比我还高一级……"

"我不归顺呢？"

"大佐命令我毙了你！否则，他就杀了我的父母……"

"噢！你停停！让我想想……"

"噢！你停停！让我想想……"峡谷里回荡着许明的话声。

这的确是个难题啊，不仅许明的脑子在飞速旋转，在场的武工队队员的脑子都在飞速旋转：

"你师弟是汉奸，先把他收拾了！"

"对！先打死这狗汉奸！然后我们去劫狱，救出队长的老师、师母！"

"不中不中！队长的师弟能在这儿会咱们，他肯定有准备。他一定在三拐处藏着。那里可是一夫当关，万夫莫开呀！"

　　　　　　　　　母亲的油饺子

的确，昌平就躲在三拐处。他尾随师哥许明两天了。许明现在想的是：我可以跟师弟回去，假投降嘛！鬼子气数已尽，神气不了几天了。我回去不但救了老师、师母的命，将来还可配合八路军发动大反攻。还有，这样也是为了救师弟。他和师弟共同生活了数年，感情还是有的。他们曾一壶水你一口我一口分着喝，一个馒头你一半我一半掰着吃，他游泳时腿抽筋是师弟救了他，师弟受伤是他输血给师弟……但这需要上报皮司令员。

　　主意已定，许明大声说："师弟，老师与我情如父子，你我情如手足！我同意跟你回去。但我有一个条件，今晚，你和我们一起回武工队驻地，咱们一起吃顿年夜饭……"许明用的是缓兵之计。只要师弟离开三拐处，武工队就可以安全通过。

　　"师哥，你说话算数吗？"昌平从三拐处闪了出来。双手双枪，大小机头张着。

　　"哈哈哈！"许明大笑，"师哥说话你可以当放屁，但八路军说的话算数！"

　　"八路军说的话算数！"这声音在峡谷里回荡。

　　常胜将军也有吃败仗的时候。混进鬼子据点后，熊黑子想了不少办法，使出浑身解数，也没找到盐。除夕夜，商铺都停业了。有钱人家的厨房里倒是有盐，但那里灯火通明……堡垒户家里肯定也能弄到一把盐，但熊黑子固执地认为，那是从亲人嘴里掏食……

这会儿熊黑子身上除大肚匣子，什么也没有！

熊黑子在据点里游逛，心情烦躁，嘴里一个劲地骂着："他娘的，大江大海都过了，没想到在这小河沟里翻船了！"

窑洞口支起军用铁锅，熊熊火舌舔着锅底。队长许明一边添柴，一边夸奖小嘎嘣豆儿那一跤跌得值——否则就要空手而归了。小嘎嘣豆儿脸臊得像猴屁股似的，直往阴影里藏，还说哩，要是王二棒子家的大葱在后院场，要是俺找到了光屁股伙伴小永，不也能弄到葱吗？"哈哈哈！"大伙看着他那发窘的样子都开心地笑了。猴儿手握乌黑发亮的勃朗宁小手枪，闭着左眼练习瞄准，口中念念有词："啪——啪——"许明戏谑道："抓紧时间练吧！莫忘了我军的三大纪律八项注意，一切缴获要归公哟！""哈哈哈！"大伙又笑了。山旺大叔没有笑，他卧在麦秸草上，受伤的腿已经包扎好，贯穿伤，没碰着骨头。他正借着若明若暗的火光，像大姑娘绣花一样，拾掇背回来的饺子呢。尽管五嫂在瓦罐中放了很多面粉，但瓦罐碎了，饺子、面粉、瓦罐的碎片搅混在一起。严格地说不能吃了，但这是特殊时期呀，许明说挑拣挑拣，肯定有能吃的。队长估计得对，挑出了一小半能吃的。但山旺大叔不甘心。这是老五一家人对武工队的心意呀，

　　　　　　　　　母亲的油饺子

这是俺山旺的劳动成果呀，还流了血呢。山旺大叔左手心里放着一个已变成圆球形的饺子，借着火光，他一点一点地把饺子上的碎瓦罐粒挑出来。他想再找几个囫囵的，找十个也中。这样每个队员就能多吃一个饺子。这样的年月里，想多吃一个饺子也不容易啊！等把侵略者赶走了，革命胜利了，这肯定是吹牛皮的资本哩！"娃儿们，一九四四年的年夜饭，爷爷们吃的饺子，那可是特殊又特殊的饺子……"只是再拾掇出十个饺子也难呀。偶尔发现一个囫囵的，挑呀挑呀，挑到最后，他娘的，饺子里进土了。背着瓦罐边走边打，记不清摔了几个跟头，滚了几个滚儿……山旺大叔低头拾掇着，嘴里不时发出"啧啧啧"的可惜声。队长许明转过头笑着说："山旺哥，甭挑了，不少了，每人够分三个了。咱们先把小嘎嘣豆儿拿回来的糠萝卜洗洗剁碎煮了，再把饺子放进去，再放一把盐……"

说到盐，队长许明问道："咦，熊黑子回来了没有？"

"俺回来了！"窑外传来声音。大伙儿一齐转头，只见膀大腰圆的熊黑子右手提着大肚匣子，左手提着一只鼓鼓的黑兜儿，走了进来。甭说，那黑兜里肯定是盐。在抗日战争最艰苦的年月里，熊黑子能弄到恁大一兜盐，立了大功了。这盐明儿就上缴军分区。

小嘎嘣豆儿跳过来一把抢过黑兜儿。"啊！"突然，他大叫一声，把手中的黑兜抛出好远。

"咋了咋了！"众人关切地问。

小嘎嘣豆儿嘴唇哆嗦着说："那，那不是盐，不是盐，不是盐！"

队长许明走过来："不是盐是什么，我看看……"

熊黑子哈哈大笑："伙计们，那是大叛徒李丑的脑袋瓜子！"

李丑叛变前是分区副书记，他出卖了十几名同志，是分区锄奸队的头等目标。李丑十分狡猾，分区锄奸队几次失手。

"那他咋栽到你熊黑子手里了？"众人问。

熊黑子用刀挑开包着人头的黑大衫，踢了一脚说："简单，俺因弄不到盐正心情烦躁，这家伙从东头二寡妇家出来了。他喝得醉醺醺的，嘴里唱着骚曲。俺心想，平时逮你逮不着，今儿撞上你了，无论如何也不能放你走！当然俺也知道这是在敌人的老窝里，弄不好要贴老本。俺迅速闪到墙角，观察周围的情况。还不赖，天比较黑，街上行人稀少，李丑又没带保镖。"奶奶个熊！阎王爷要请你了！等李丑摇摇晃晃走近了，俺一个猛虎扑食，枪把子照准他的后脑勺狠命一击，他连哼一声都没有就倒下了，像麦口袋一样……"

"哈哈哈！""嗨嗨嗨！""哧哧哧！"窑洞里充满了笑声。小嘎嘣豆儿笑得最厉害，在地上连翻几个跟头。周呼兰、秋荷、猴儿笑得捂着肚子直不起腰。山旺大叔笑得腿肚子上的伤口发疼！队长许明摸着下巴，笑吟吟地说："还是黑子兄弟有能耐，为咱们这顿年夜饭又添了一道料儿！"笑声复起，这笑声里有队长许明的师弟昌平的笑声。昌平开始不敢来，怕许明翻脸不认人。许明笑而不答。众武工队员重复许明说过的话："我们八路军说话是算数的！"

火旺了，水沸腾了。周呼兰、秋荷把洗净剁成丁丁的糠萝卜放进锅里，煮了一会儿，又把饺子放进锅里。

"咕嘟嘟咕嘟嘟！"糠萝卜丁丁和饺子在沸水里翻滚着……

武工队队员们狼吞虎咽地吃着……

萝卜糠不糠？不糠！

淡咸如何？咸！

牙碜吗？不！

…………

老八路李胜利讲到这儿停下来了，他长长地嘘了一口气，闭上了眼睛，两大颗混浊的眼泪从他的眼角溢了出来。

"爸，您讲的故事太好了。我建议您到集团军给战士们讲一讲！"佩戴大校军衔的儿子激动地说。

"不单在部队讲，也要到我们大学里讲。多好的教育课呀！"端庄文雅的女儿是师范大学的教授。

"还要到中学里讲，中学生更需要革命传统教育！"大孙子是中学教师，他站起来说。

　　"爷爷，您讲的故事我们用手机录音了。我计划写成电视剧剧本……不，先写成纪实小说，后改编成电视剧剧本……"孙女胸有成竹地说。

　　…………

　　"新春快乐！""给全国人民拜年啦！"午夜十二点，中央电视台春节联欢晚会达到高潮，节目主持人在向全国人民拜年。休养所院内灯火通明，大红灯笼高高挂，一派喜庆景象。

　　　　　　　　　　　　　　　　　　　母亲的油饺子

白妮

　　白妮把那东西包了一层油布，不放心，又包了一层油布。油布黄澄澄的，一次也没用过。她举起油布冲着大红日头照照，没有洞。从婆家到娘家要过一条河翻一座山哩，保不准会遇上雨。六月天后娘脸，说变就变呢。

　　山路曲曲弯弯，如蚯蚓寻它娘。白妮快速走着，山里长大的孩子走山路如履平地。她要在晌午前赶到娘家，她有事要找娘和哥嫂呢，不是吃晌午饭的时候逮不着他们，他们都是大忙人。远处传来沉闷的枪炮声，头顶飞过鬼子的红头飞机。黄河那边政府军正和鬼子会战呢。区长说小鬼子过不了黄河，黄河防线坚固着呢。六月半晌天，大红日头高悬，山外热，山里凉。白妮解开布衫上头的两个梅花扣，一边走一边欣赏风景，心里美滋滋的。山路左边的杏树上挂着黄色的杏子，这是麦黄杏。麦子黄杏也黄，能吃了。白妮伸手揪下两颗在衣襟上蹭蹭，咬一口，嗬，又甜又酸，真好吃！山路右边的野樱桃树上，小指头肚大小的樱桃变红了，变红就能吃了，变紫红更好吃。白妮伸手揪下两粒在衣襟上蹭蹭，塞进嘴里。呸，没有杏子好吃，白妮吐了出来。山路两边的山坡上那红红的花叫刺角芽，那黄色米状的花叫迎春花，那白裙红蕊的花叫打碗花。白妮各采几朵插在头上。咦，好美丽的山妞。鸭蛋脸，白里透红，水汪汪的大眼睛，似深潭；乌黑的头发绾个髻，盘在脑袋后边；老黑蓝农家布裤，打着绑腿；蜡染的印花布衫说多合体就有多合体……呀，白妮轻轻地叫了一声。原来是一只美丽的调皮的大尾巴小松鼠从路面上窜过。呀，白妮又轻轻地叫了一声。原来是一只小刺猬横在路中间，正仰着头看白妮这个庞然大物。白妮紧跨几步想抓住它，但白妮缩手了。刺猬缩成刺球，毛变成尖利的刺！噫，大红日头又向头顶爬了三竿子，不能贪玩了。白妮加快了脚步。不想扑棱棱一只猫头鹰从天而降，咚地落在白妮面前。白妮吓了一跳，后退了三步。白妮不喜欢猫头鹰，虽然它抓地老鼠，是益鸟，但它的叫声太瘆人，深夜那"嘎嘎嘎"的笑声使人毛骨悚然，让人直捂耳朵往被筒里钻。呀，这只猫头鹰的腿受伤了！白妮定睛一看。猫头鹰也怕白妮。猫头鹰企图站起来钻进灌木丛里，但它的腿受伤了，伤得不轻呢，血淋淋的。是与同类打架受的伤，还是鬼子作的孽？鬼子坏透了，杀人，抢东西，肯定也不放过猫头鹰！一想到是鬼子作的孽，白妮迈不开腿了，她要救它。白妮恨鬼子，如果鬼子不来，白妮的丈夫和大伯子就不会参军上战场，大伯子的脸上就不会有疤痕，丈夫的腰也不会受伤，炮弹片现在还在丈夫的腰眼里呢，逢刮风下雨天就疼！白妮慢慢地慢慢地接近猫头鹰，口中呢喃："别害怕呀，俺是救你的！"但猫头鹰不领情，两只眼睛盯着白妮，颈部的毛多散着，嘴半张半合，一副拼命的样子。白妮止步了，她害怕猫头鹰啄自己的手。猫头鹰的嘴是捕食吃肉的家什，被啄一口准掉下一块肉。但白妮是聪明的女人，她看到草丛里有蚂蚱，出手抓了几只。她把蚂蚱捏死放在手心，把手伸了过去。猫头鹰伸头把蚂蚱一一啄了去，伸脖子咽了。猫头鹰饿了。猫头鹰的腿肯定是鬼子打坏的。猫头鹰能预知死人，它在谁家的树上笑，谁家近几天准死人！这只猫头鹰肯定在鬼子军营里的树上笑了，鬼子认为不吉利，就开枪了。白妮要捉住猫头鹰，要把猫头鹰的腿固定一下，如人骨折上夹板一样，这样这只猫头鹰就有救了。"吃吧吃吧，吃饱了，到俺怀里来，俺给你腿上打夹板……"白妮呢喃着，又在草丛里捡了一大捧白白胖胖的食食虫……猫头鹰认为白妮不是敌人了，它狼吞虎咽地吃着美食。白妮捉住了它。白妮用枯树枝作夹板，用头绳作绑扎绳……

"小乖乖，别乱动，俺快绑好了。今儿歇一夜，明儿你就能寻食吃了，说不准后儿你就能飞上天了……"

"大小姐，好人！您也救救我吧！"

白妮一愣，站住了。她侧着身子四处看。明明听见有人声，可什么也没看见呀。左边是大石头，右边是灌木丛，前边是开阔地，后边是弯弯曲曲的山路。也许是幻觉吧，白妮扑哧笑了，把油布包拍打拍打背在肩上，铆足劲儿要往前走，时间不早了。

"大小姐，您也救救我吧！"刚才的人声又出现了，且断断续续有气无力。

白妮又站住了。这次她不怀疑自己的耳朵了。是人声，求救声。白妮禁不住打了个寒战，头皮发麻，头发都竖起来了。这附近咋会有人呢？刚才咋没发现呢？是好人，还是坏人？白妮的牙齿和双腿抖了起来。毕竟是弱女子嘛。"你是谁？你是人，还是鬼？"白妮鼓起勇气问。

"大小姐，别害怕。我是人。我是国民革命军十四集团军的，我们司令叫刘茂恩，我和班长奉命跟踪日本特务，班长牺牲了，我受伤了，那日本特务也被我掐死了。我在大石头后边呢，我动不了窝儿了！"声音仍断断续续，但很清晰。

"呃！呃！"白妮惊魂未定，双腿却不由自主走了过去。大石头后边果然有个兵，旁边不远处躺着一个蓄

　　　　　　　　　　　　母亲的油饺子

人丹胡、着长衫的男人，一动不动。这个兵的脸上、手上、军装上都是血，下巴上、鼻子下有毛茸茸的嫩胡子，二十岁左右。他一说话，露出一口洁白的牙齿。

"你浑身都是血，吓死人了。你哪儿疼？俺能帮你什么？"白妮认定这个血人是中国军人。白妮的丈夫是八路军，总司令是朱德。国民军也打鬼子呢，白妮是抗日军属，她有责任救这个掐死小鬼子的英雄。

伤兵有气无力地说："这狗日的日本特务偷袭了班长，我扑上去抱住了他。我掐他，他用小刀扎我，我俩玩命，从山梁上滚下来。他死了我活着，但我也伤了……"

白妮认真查看伤兵的身体，好几处刀伤呢。有两处刀伤很致命，伤口如小孩子的嘴一样裂着，还在往外渗血呢。必须马上包扎、止血！白妮参加过区里组织的战场救护培训。她先让自己平静平静，把额前的刘海儿甩到一边，一字一句地说："兵哥，你大腿上和肚子上的伤口还在出血，要马上包扎。俺学过的，你不要害怕……"白妮把两条深蓝色的绑腿带解下来。绑腿带三四尺长，包扎大腿上的伤口绰绰有余，但包扎肚子上的伤口不够用。山里长大的白妮有办法。她用有棱角的石头把绑腿带截下一截儿，接到另一条绑腿带上。白妮把两条等长的绑腿带变成一长一短，短的包腿伤，长的包肚子上的伤口。包扎前要先清理伤口，把污血坏血挤出来，再对伤口清洗消毒，这点卫生知识白妮也知道。但这里没有消毒水，白开水也没有。怎么办呢？白妮犹豫片刻突然把嘴贴在伤兵肚子的伤口上——她要用嘴吸伤口里的污血坏血！这一手是爹教的。爹说唾沫还能消毒呢。

"大小姐，你……"伤兵激动得说不出话来。

"啊，呸呸！"白妮用力吐掉嘴里的污血，抬眼看着伤兵说："兵哥，不要不好意思，你打小鬼子受伤了，谁遇上都会救你的！"

"那不一定！"伤兵热泪涟涟，"中国人也有好人和坏人之分，还有人当汉奸呢。大小姐是好人，是观音菩萨，您刚才给猫头鹰包扎我看见了……"

"别夸俺了，也别挤猫尿了。你要做好准备，俺要给你包扎伤口了！要勒得很紧呢，不紧止不住血！你不能怕疼呀！"白妮把手上的污血在衣襟上蹭蹭，一脸严肃。

伤兵说："来吧，大小姐，疼和命哪个重要，我知道。听说山西的八路军战士做手术不用麻药哩！"

白妮点点头说："你说这个俺信，八路军脾气硬。但俺要防止你疼很了，咬断舌头。"

"你咬住俺的手帕吧！"白妮把洗得干干净净、叠得方方正正的花手帕塞进伤兵的嘴里……

"妮儿，你咋现在来了？"

"妹子，你遇见歹人了？手上脸上是血，绑腿带怎么也没了？"

　　　　　　　　　　母亲的油饺子

"没有。"白妮笑了，"俺遇见一个伤兵，俺给他包扎了，他伤得不轻呢。呃，哥，你快去报告保长伯，让保长伯叫人抬他上医院！他很英雄，掐死了一个日本特务，还不怕疼……"

饭吃完了。白妮打开油布。嚯，一张狼皮，上等的，非常好看，皮子熟得恰到好处，又薄又软，一根杂毛也没有，尤其短绒毛浓密厚实，抓在手里肉肉的，贴到脸上舒服极了。

"妮儿，你从哪儿弄到恁好一张熟狼皮？"娘问。

"妹子，这张狼皮值三个袁大头吧？"嫂子把狼皮贴在脸上。

白妮嗔道："娘，嫂子，你俩审小偷呢？告诉你们，俺买的，花五个袁大头买的！"

"噫，你买亏了！"娘和嫂子异口同声。

"妮儿，你是不是用了俺给你的那五块银圆？那是俺陪送你的嫁妆呀！"娘的脸色变了。

"憨子妮！憨子妮！"嫂子跺着脚。

"娘，嫂子——俺不憨——俺精着哩……"白妮拉长声音娇嗔道。

"你俩知道他是八路军一二九师的，是连长，腰受伤了，现在还有一块炮弹皮在腰眼里呢。每逢刮风下雨，他的腰就又酸又疼。他上旬捎信说他下旬要到洛阳拉武器弹药，是卫立煌将军奖给的。俺买狼皮是为他做背心。

他穿上狼皮背心，腰病就没了。你俩的针线活比俺好。还有，他和大哥的身材差不离儿……"

白妮说着，鼻子一酸掉泪了。她和丈夫结婚，仅同房了三天，丈夫就上战场了。

三人来到光线好的后上房，后上房是娘的住处。白妮麻利地把床上的被子搬到一边，又铺上一块新床单。白妮把狼皮展开在床上说："娘，嫂子，咱们开始吧。咱们今儿做好，俺明儿就起身赶洛阳！"

"真没羞！"嫂子伸出手指刮白妮的鼻子。

"嫂子，俺大哥天天守着你，你饱汉不知饿汉饥！"白妮红着脸反讥，"再说，他来洛阳执行军务，能不能住一夜都不知道，俺需要早点去等他呀！"

"别贫嘴了，她嫂子，快脱鞋上床吧。你先量量这狼皮有多大，再想想如何下剪子。身腰大小就照着她大哥的吧！"娘说话了。娘心疼闺女呀。

嫂子脱鞋上床，用手一拃一拃地丈量尺寸。嫂子是个手巧能干的女人，她测量尺寸不用木尺。

"宽六拃，长十一拃……"

"照大哥的身腰做背心，宽四拃，长六拃……"

"有富余，有富余！俺画线了！"嫂子取来粉线包。

"娘，妹子，你们扯紧粉线！"嫂子下指示。粉线包是画线的工具，包里装着黄土粉末和绿豆粗的棉线；抽出棉线放在衣料上，用手扯起棉线中段，再一松，衣料上就出现一条清晰的黄色线痕。

"娘，妹子，俺动剪子了呀！"线条画好了，嫂子抄起剪刀。

"住！"嫂子正要开剪，白妮突然大喝一声。

"咋了？"娘和嫂子蒙了。

"嫂子，娘，你们看看，能不能做俩背心？"

"俩？"

"俺大伯子也在前线哩……"

吃过晌午饭，嫂子把两件背心用油布包好交给白妮。白妮昨天没走成，夜里和娘睡一个被窝儿。这是娘和嫂子有意安排的。白妮不恼，去看丈夫关紧，和娘睡一个被窝儿也是她巴不得的！白妮知道她在来的路上救的那个兵哥已经被送进医院了，但她救的那只猫头鹰大哥没管，所以她专门到村里的肉铺里寻了一小兜猪杂碎。这兜猪杂碎够猫头鹰吃三天。

白妮一溜风赶回村，她家门口聚了一大堆人。白妮站住了，心里怦怦直跳。家里肯定出大事了！出啥大事了？公公婆婆？大嫂侄儿？不可能呀，不可能呀！他们身体都挺好的呀……

白妮家是老式四合院，院子挺大，有一棵枣树，一棵石榴树。一位头顶泛青光，撅着山羊胡子，穿着黑色对襟缎子袄，腰间别着王八盒子的人坐在院中间的罗圈椅上。他是本村的族长兼保长。族长不是依年龄论高低的，是依历史定的。当然也有钱的因素，穷光蛋不可能当族长。保长是国民政府最基础的官员，当保长也须有一定社会关系、钱财！

白妮的大嫂叫牡丹。人长得也像牡丹花，胖胖乎乎的，富贵妖娆，一笑那脸盘就是一朵牡丹花。她一手端着铜水烟袋，一手提着一竹篮枣花馍款步走过来，满脸堆着笑："祖爷爷，别生气，先吸袋水烟，再尝尝您重孙子媳妇的手艺。"

"大山家的，你甭打马虎眼儿，快把我的狼皮拿出来！那是一等一的狼皮！"族长是长辈，称晚辈的媳妇就是这样称呼的。牡丹的丈夫叫高大山，白妮的丈夫叫高大河。

"咦，祖爷爷！"牡丹脸上的笑容更好看了，但语气严肃了，"这话可不能乱说呀，这涉及俺家老二的名誉呀！您不了解俺家老二，俺可了解，她尽管爱说爱笑爱蹦蹦跳跳，甚至有点孩子气，但她心地善良，品质更是没说的……"

"不是大河家的，难道我家出鬼了？"族长站起来挥手，"昨儿我和你祖奶奶去城里你小爷那里了，我铺在床上的狼皮受潮了，出门前我把狼皮晾在院内，晾晾潮气！你说你家老二要来我家后窑里织布，我把钥匙给你

　　　　　　　　　　母亲的油饺子

了。可今儿我和你祖奶奶回来，狼皮不见了……"族长越说越气，双手颤抖着。

"祖爷爷，您老说得也在理！"牡丹的声音娇滴滴的。她把手中的铜水烟袋、馍篮放在青石案上，跨前一步拉住族爷爷的胳膊晃着，撒娇道，"祖爷爷，您坐下，您听俺说，进您家的不光俺家老二一个，还有俺哩！可能是俺偷了呢！也可能是别人知道您老两口不在家翻墙过去做的事呢！"

"你胡说，你公公婆婆老了，你是你们家当家人，你不可能当小偷！"族长坐下了，仍怒气冲天。

"这样吧，祖爷爷，"牡丹搬个小凳子挨着族长坐下，双手抓住族长的手，一副晚辈在长辈面前撒娇的神态，说，"这案子您老断不清了，不管是俺偷了，还是俺家老二偷了，还是别人偷了，俺赔中不中？因为您把大门钥匙交给俺了……"

"你赔我？你可知道那是我的心爱之物，最低要三个袁大头！"族长两眼直瞪着牡丹。

"三个就三个吧！俺赔五十条床单，中不中？您老知道俺织的花格单子价格不低，在镇上很好卖哩……"牡丹说着站了起来！

"当真？"族长脑子里一算，五十条床单值五个袁大头呢！

"俺牡丹是高家当家人，说话算数！"牡丹伸出手

白妮

来要与祖爷爷击掌。

族长站起来大声说："掌就不用击了，老少爷们都听见了。我走了，晚上喝汤前把五十条床单给我送过去！"

"嫂子，不用送床单子。"白妮在门外大声说，"五个袁大头俺早给祖爷爷了！"

族长、牡丹，所有人都把目光投向白妮。

"祖爷爷，俺把五个袁大头放在您织布机的机脚窝里了……"

"白妮你喝酒了？快过来给祖爷爷见礼！"牡丹回过神来，一本正经地说。

"大河家的，你说话可要有边有沿啊，我不仅是你的族长还是你的保长！"族长沉下脸，把腰间的王八盒子拔出来"啪"地放在青石案上。

牡丹和围观的乡亲一怔。

祖爷爷如此耍威风逞霸气，白妮也恼了："祖爷爷！大保长！"白妮分开众人来到院内大声说，"俺白妮可能有一千个不好，可俺有一个好——不说瞎话！"

"你，你，你，你这个小辈人！"族长伸手抓起枪。白妮抢白他，他受不了。

"老二家的，不准胡咧咧！快给祖爷爷跪下赔不是！"牡丹急了，拉住白妮的胳膊往下拽。她知道祖爷爷这个人，心狠手辣，不然当不上保长。

白妮更生气了，柳眉倒竖，杏眼圆睁，脸憋得通红，她挣脱大嫂的手，挺胸背手，傲视苍穹，朗声道："祖爷爷大保长，您小看俺白妮了。俺白妮是抗日军属，是八路军连长高大河的媳妇！咱们现在就到您家后窑里去，看看织布机的脚窝里有没有五个袁大头？！"

祖爷爷连连搓着手说："大河家的，大河家的，这，这……"

白妮也觉得自己的态度不好，忙走过去红着脸低着头捻着衣襟角说："祖爷爷，别和您重孙子媳妇一般见识了。俺去您家后窑织布，看见了您晾在铁丝上的狼皮，俺想到了在黄河那边打小鬼子的您重孙子大河，他腰里有小鬼子的炮弹片呢。他来信说，经常腰疼呢。俺问邻居二伯。二伯说，您这狼皮是花了两个半袁大头买的。您重孙子大河近日执行军务要到洛阳来，俺急着用，又不知道您去城里啥时候回来，就用了大河他们老部队的方法——东西拿走，多放点钱……"

…………

村医新传

　　万安山村集体卫生室由乡卫生院、村委会双重领导，设中医、妇幼、西医、药房、包扎注射室。编制四人：主任李毛妮，负责全面工作，兼中医、妇幼门诊；村医李峰、李振东坐西医门诊；实习生小胡负责药房、注射。李毛妮是村医世家。她是村医，她爹是村医，她爷是村医，她爷的爹也是村医。

　　日头出山，村医毛妮出门巡诊了。她今天出诊的第一家是村东头的春树奶奶家。春树奶奶七十多岁了，上月摔了一跤，瘫了。县、乡医院定性了。回到村里，毛妮说："让俺给您扎扎针吧。俺的针法是祖传的，不见得能扎好，但一定不会扎坏。"春树奶奶和儿子儿媳商量："中，那就死马当成活马医吧。"毛妮笑了："比喻不恰

　　　　　　　　　　　　母亲的油饺子

当！"

　　毛妮来到春树奶奶住的屋里。老太太刚睁开眼。毛妮放下保健箱，挽起袖子，先帮老太太倒便盆，然后帮老太太洗脸漱口梳头。春树奶奶看着毛妮，满眼泪水，说："毛妮，你待俺比俺亲儿子亲闺女都亲。"毛妮说："您外气了。大哥大嫂天灰灰明就下地掰苞谷去了。"春树奶奶点点头："女怕腊，男怕八。现在是八月，三秋大忙。""您躺好了，咱开始吧。"毛妮把春树奶奶的被子放在一边的凳子上，把床单抻了抻，把她的四肢摆正，她要进针了。

　　"疼不疼？疼了您就言语一声。""您有没有麻胀的感觉？有了您就眨眨眼。""您还没有感觉呀，俺要再进一分针了！"

　　"疼疼疼！麻麻麻！"春树奶奶嚷起来。

　　"呀，您的腿动了。"毛妮失声喊起来。整整三十八天了，毛妮针灸了三十八次。春树奶奶的腿终于有了反应。毛妮的针灸术是爹爹传下来的，爹爹的针灸术是爷爷传下来的，爷爷的针灸术是太爷爷传下来的。太爷爷是清朝时的村医，爷爷是民国时期的村医，爹爹是新中国成立后的赤脚医生，毛妮是当今的村医。毛妮有乡村医师资格证呢。

　　针灸完了，毛妮准备起程，忽然想到应该帮春树奶奶翻个身。毛妮说："您要拉屎尿尿吗？俺给您拿盆去！""不，孩子。""那俺给您翻翻身吧。""中！中！"
春树奶奶是个大块头，毛妮用力帮她翻身。"哎！"毛妮
叫起来，"您要长褥疮了！""啥？褥疮？"春树奶奶不懂。
毛妮说："就是长时间不动，皮子里的血液不流通，皮子
红了烂了。"

　　"您别动，俺给您治治。俺先给您消消毒，再上点
俺家祖传的疮药。"

　　毛妮出了春树奶奶家，拐进铁蛋家。铁蛋是万安山
村的黑社会。村里人都这样说。其实按法律条文说，他
不够格。他不喝醉酒，是梁山好汉，专弄坏人，不弄好人。
毛妮也得到过他的帮助。那是一次医疗事故，责任不在
毛妮。但对方有权有势，想讹一万元。铁蛋站出来说话了。
铁蛋这次受伤是他的仇人弄的。仇人用麻袋套在他的脑
袋上，用圪针捶打他。铁蛋的胳膊腿没有事，但浑身的
圪针伤不下三百处。乡医院怕惹麻烦，不接诊。不得已，
回村吧。毛妮不怕，接了诊。毛妮细心地把铁蛋身上的
圪针一根一根挑出来，然后消毒上药。毛妮今天是来复
查的。还带了放大镜，她要再仔细看看，有没有"漏网
之鱼"。毛妮推开门说："铁蛋，咋样了？还疼不疼？"
铁蛋低着头说："不疼，就是有点儿痒。"
　　毛妮放下保健箱说："把衣服脱掉，俺再看看肉里还
有没有圪针。"铁蛋乖乖地脱下上衣。毛妮用放大镜一点

　　　　　　　　　　　　　　　　母亲的油饺子

一点地检查。"嗯，针眼肿了。哟，这个发炎了。别动，让我排脓。哟，这里还藏着一根圪针，咬住牙让俺把它拔出来……"

半个小时过去了，毛妮出汗了，腰也疼了，眼也花了。她用手绢擦擦脸上的汗，直了直腰，接着又俯下身忙起来。检查到铁蛋的腰部时，毛妮问："屁股上有没有圪针？"

铁蛋的脸红了，像喷了血。"没有……有……"他语无伦次。铁蛋屁股上有圪针。昨天他撒了谎。夜里电灯下照镜子，两片屁股蛋上，星罗棋布呢。他想自己拔，角度不对，拔不出来。今天他的屁股不敢沾凳子了。肯定发炎了，他不敢再隐瞒了。但，毛妮是女的……

"把裤子脱了！"毛妮知道铁蛋屁股上肯定有圪针，她大声命令道。

"毛妮，毛妮……"铁蛋双手拽着裤子，原地转圈，像个小孩。

毛妮扑哧笑了："把裤子脱了，你不知道俺们医生是中性人吗？再说，俺还是你姑姑呢！"按祠堂里的辈分，铁蛋是应该喊毛妮姑姑。

呀，两片屁股蛋上起码有五十根圪针，圪针所在之处大部分都发炎了！毛妮倒抽了一口冷气："快趴下，趴好了。都发炎了，有的已经溃脓了。给，把这团纱布咬住，俺要排脓了。挺疼的，坚持住啊！"

"咬啥纱布，来吧！"铁蛋瓮声瓮气地说。

毛妮认真地操作着。

铁蛋哭了，这个万安山村的黑社会哭了。"姑姑，谢谢你！我好了就去找他们报仇！他们抽我身上一千根圪针，我还他们一万根！"

毛妮一巴掌打在铁蛋的伤屁股蛋上："不是报仇，是金盆洗手！"

"汪汪汪！"一个小绒球迎面滚来，叼住了毛妮的裤脚。这是实习医生小胡养的宠物犬。犬种"贵夫人"，小名欢欢。小胡医专毕业，业务不是很熟练。工作上遇到问题，就会对着小狗说："欢欢，请主任去！"

毛妮低头对"贵夫人"说："欢欢，俺知道了。"

"贵夫人"在前面跑，毛妮在后面跑。既然是"贵夫人"来报信，小胡那里肯定有事。注射这一块，风险大着呢。比如药物过敏，又比如静脉输液找不着血管，还有病人发脾气。

"咦，大主任，慌啥呢，你们家大士官回来了？"左侧门楼下一位大嫂开玩笑。

"大士官没有回来，你家老公肚子疼呢。"毛妮反唇相讥。毛妮的丈夫是解放军的三级士官。

"那你去给他揉揉吧。你嫂子我没有意见。"

"俺把他那东西剪了，你也没意见？"

"死妮子，嘴吃屎了。"

"哟！"一粒石子进了毛妮的鞋里，硌得脚怪疼。

毛妮连跳几下，脱鞋倒石子。

"哈哈哈，报应！"门楼下的大嫂开怀大笑。

小胡早已迎在门口。室内还有两拨人在候着毛妮。小胡长得小巧精致，鼻尖上冒着汗，带着哭腔说："都怨三叔家的小蝈蝈。俺打了好几个了，他突然嚷：'俺叫毛妮姑奶打，不叫你打，你打疼，毛妮姑奶打不疼。'小调皮们像想起啥似的，一起起哄：'要毛妮姑奶打——不疼！'那几个已经打过的小家伙也跟着起哄，用手捂着胳膊喊：'疼嘞，好疼嘞！'"

今天上午给村幼儿园小朋友注射"五联疫苗"是昨天安排好的。小胡的注射技术本不错，不过打"五联疫苗"确实有点疼，尤其推药的时候。毛妮看着自己的远房孙子无可奈何地笑了："你这小调皮鬼净办坏事哩。看，把你小胡姑姑气哭了吧？！"不过，村里大多数孩子来打针都点名让毛妮打。毛妮打针除了手法娴熟，还会分散孩子们的注意力。

"三儿，你会唱《小竹竿》？""会。"唱一个给姑奶听。"小竹竿，三尺三……""好了，下一个。"

"军军，你爸在哪里当兵呀？""北京。""你长大想不想当兵？""想。我想当天安门国旗班的兵……""好了，下一个。"

"囡囡，你是幼儿园演出队的报幕员吧？""是。""给姑奶报一个。""下一个节目，舞蹈《摘葡萄》……"

剩下最后一个女孩子丫丫了。小丫丫好像晕针，闭着眼，流着泪，浑身颤抖。毛妮走过去把小丫丫抱在怀里，亲着小丫丫的额头说："丫丫，别哭了，俺问你，你喜欢不喜欢'贵妇人'？"丫丫点点头。"贵妇人"跑起来像绒球滚动，谁都喜欢。毛妮抚摸着丫丫的头说："'贵妇人'也要打'五联疫苗'呢。打疫苗是为了不生病。丫丫，你给'贵妇人'打针吧。小胡，给咱们的丫丫准备针头针管，咱们的丫丫要当医生了。"

"汪汪汪！""贵妇人"跳到丫丫的腿上。

"呀，疼！"丫丫嚷起来。

卫生室里的人都笑了。

"毛妮大主任，我已经等了五十九分钟了！"从内室走出一位四十多岁穿着白大褂的女医生。她是乡卫生院医疗风气办公室的庞监察员。

"庞医生，俺老姐俩比你来得还早，要先来后到。毛妮，给俺按肚子去。"从内室又走出两位六十多岁的老太太。

毛妮按摩肚子是祖传。大人收费一次十元，三岁以下的孩子不收费。按摩肚子治疗面可宽了：高血压、高血脂、积食、便秘、食欲不振。

　　　　　　　　　　母亲的油饺子

毛妮笑着说："庞姐，您辛苦了。俺那抽屉里有新鲜草莓，您先吃着。俺先给王婶、赵婶按肚子，她俩晌午还要给学生做饭呢。"

庞监察员与毛妮的谈话是在内室进行的。

庞监察员严肃地说："李毛妮主任，你犯事了，你犯大事了！"

"俺犯啥大事了？"毛妮不解。

庞监察员指着自己带来的平板电脑说："你看，上个月你们卫生室销药额不到五千元。而万安山南北东西四村与你们村人口差不多，他们的销药额达一万多元。这说明啥？说明你们卫生室的医生有违规看病、违规售药的情况！"

"啊！"毛妮瞪大了眼睛。毛妮整天忙中医、妇幼业务，药房的售药量，她不在心上。但她知道庞监察员说的是事实，性质很严重。这五个村，人口均在两千左右，用药量会有差别，但不可能少一半！这说明自己这卫生室的医生确实有人在家开黑门诊售黑药——这是犯法的。乡医院的院长说，这叫非法行医非法售药！

"毛妮，你说这事咋办？"庞监察员虎着脸。

"俺辞职吧，俺不当这卫生室主任了！"毛妮拍着大腿噘着嘴说，"俺本来就不是当官的料，是你们硬逼着俺干的！"

庞监察员一怔，继而笑了："李毛妮主任啊，你真是孩子气。你说不干就不干了？你出事了就不干了？"庞监察员呼地站起来，右手拍着桌子说："你就是不干了，也必须把内鬼给我揪出来！"

毛妮愣住了，一屁股坐在床上，搓着双手嘟囔："咋会这样呢？"

"笃笃！笃笃！"敲门声。

"谁呀？"毛妮去开门。

"毛妮姐，给我几片止痛片吧。"是北街的陈臣。

"中。"毛妮去开药方，但她又停住了。"昨天李大夫不是给你开过止痛片了吗？"毛妮突然想起李大夫给他开过药。

"嗯哪，可现在还疼呀。我正在北洼浇地呢，疼得不很就不来了。"

"哪儿疼？"毛妮问。

"胃疼。"

毛妮眉头蹙了一下说："你进来吧，俺给你检查一下。"一个医生的职责，病人昨天疼，今天还疼，必须找到病灶，不能乱给药。

陈臣进来了。毛妮说："你躺在床上，把上衣撩开。"毛妮按着他的胃部问："是这儿疼吗？"陈臣摇摇头。毛妮又换了个地方按："是这儿疼吗？"陈臣又摇摇头。毛妮直起身子眨巴着眼睛问："你昨天中午吃的啥饭？""饺

　　　　　　　　　　　母亲的油饺子

子。""昨天晚上吃的啥饭？""蒜面条。""今天早上吃了几个馍，几个鸡蛋？""三个馍，两个鸡蛋。"

毛妮俯下身子，把手搭在陈臣的手腕脉搏处，闭上了眼睛。

突然，毛妮睁大眼睛，焦急地对庞监察员说："庞姐，用你的车，把他拉到乡卫生院做心电图吧。"

"你怀疑……"庞监察员也是医生出身。

"我敢确定八分。"

"好。"医生的天职是救死扶伤，见病人如同见亲人。

老天爷！心电图、彩超显示陈臣心血管大面积堵塞。乡医院风驰电掣转县医院，县医院又风驰电掣转市医院。

陈臣捡回来一条命，心脏装了三个支架。

不久，庞监察员又来了，冲毛妮直竖大拇指。

"功归功，过归过。"庞监察员严肃地对毛妮说，"你们卫生室违规毋庸置疑，按照制度，你要先给我弄证据，然后再说别的事。你要弄不来证据，你就要进县卫生局学习班……"

其实，毛妮想弄证据是轻而易举的事。她只要上心，在万安山村几乎没有办不到的事。不说别的，单说她有十个干儿女就能办成不少事。农村认干亲家，有多种原因，攀高门台的，攀权贵的，攀知识的，对脾气的，报恩的。毛妮认下的这十个干儿女属最后一种。孩儿的爹娘死乞白赖要把儿女认到她膝下，因为这些孩儿的命都是毛妮从阎王爷手里夺回来的。比如，大娃出世，嗓子里有痰，不会哭，不会呼吸，毛妮果断地拎起孩子的腿，让孩子倒立，拍后背；不行，又往孩子嘴里喷烟；还不行，又口对口吸痰。大娃终于"哇"地哭出来了。又如二小，不足月出生，落地时只有三斤多。是毛妮把他放在借来的保温箱里，日夜监护。再如三姐，也多亏了毛妮。要是没有毛妮阻拦，她早被爹娘引产了，因为她爹娘想要男孩传宗接代……

毛妮没有惊动十个干儿女，而是让十个干儿女的娘，毛妮的干亲家们，分别到几个村医家求医。她们都怀揣着能摄像、能录音的手机。

这十个干亲家反复叮嘱毛妮：可不能弄成让执法队来收药的地步。

毛妮答应了。

毛妮和庞监察员正在内室说这事。

毛妮说："庞姐，证据俺弄到了，俺可以交给你，但俺有个要求。"

"啥要求？"庞监察员笑着问。

"不能罚俺村医的款，更不能来抄家收药！"

庞监察员愣住了。

毛妮说："你做不到这一点，俺这U盘就不能给你！"

毛妮坐到庞监察员的旁边，把手搭在她肩头说："好

　　　　　　　　　　　　母亲的油饺子

姐姐，俺知道你的难处。但你也要替俺想一想，俺刚上台当主任，你就用俺给你的证据，把俺的两个医生收拾了，俺还咋在这里混呀。"

庞监察员的眉梢动了动。

毛妮站起来转到庞监察员身后，轻轻地按摩着她的后背说："好姐姐，毛妮求你了。大家都不容易呀……俺保证他俩以后不再犯了！俺保证下月的售药额蹿上去！"

"好姐姐，你不是农民出身，你不了解农民呀。"毛妮搂住庞监察员的脖子动情地说，"农民爱占小便宜，但心不黑，还胆小。你们管得严，他们就不敢了……"

庞监察员犯难了，毛妮说的是事实。但庞监察员心里清楚，如果答应毛妮的请求，自己的一千元奖金就没了。庞监察员还是喜欢毛妮的。毛妮泼辣、正直、善良，医德好、医术好，不怕苦，不怕麻烦……

"哐！"内室的门被推开了。门外站着毛妮的十位干亲家、万安山村的村民和那两个村医。俩村医各抱一个大纸箱站在庞监察员和毛妮面前，悔恨地说："庞监察员、毛妮主任，我们错了。这箱子里装的是我们自购的药品，上交国家吧。我们愿意接受处罚……"

送走庞监察员，毛妮倒在床上，成了一堆泥。李毛妮今年三十挂零了，岁数不算大，但她流过产，现在又怀孕三个月了。处理这事跟打仗一样，毛妮使出了浑身本事，她胜利了，她散劲了，她打起了呼噜……

"笃笃，笃笃！"秋秋边敲门边喊："毛妮姐，毛妮姐。"

"谁呀？"毛妮醒了，"噫，天黑了？"

"我，秋秋。"秋秋回答。

"秋秋！"毛妮呼地起了床。秋秋是东村卫生室的实习医生，怀孕好几个月了。毛妮是她的主管医生，秋秋怀孕后的定期检查都是毛妮做的。毛妮打开门。进来的是秋秋和她的丈夫，还有公公婆婆。

"走，咱们到卫生室去！"毛妮说着去搀秋秋。

"呀，毛妮姐，你弄错了。俺是有大事求你……"秋秋的脸红了。

原来再过几个月秋秋要去县城参加转正考试。秋秋是省医学院妇幼专业的毕业生，实习完必须通过考试才能转正。

毛妮犹豫着：从前途看，秋秋应该参加转正考试。晚一年转正，会一步跟不上，步步跟不上！但是从身体状况看，秋秋不能去县里参加转正考试。因为考试时期正好与他的产期重叠，女人生小孩儿是摸阎王爷鼻子哩，有大风险哩……

"毛妮大妹子，我张大钢求你了。"

"毛妮好闺女，俺们老两口求你了。"

"毛妮姐，"秋秋走到毛妮跟前，拉住毛妮的手，来

　　　　　　　　　　　　母亲的油饺子

回摇晃着，"咱们互相帮助嘛……"

毛妮一愣。

秋秋把手放在毛妮的小腹上，嘴巴贴近毛妮的耳朵，声音小得只有毛妮能听见："士官大哥和俺家钢子一样混蛋……"

"你瞎说个啥呀？"毛妮转身把秋秋抱住了。毛妮天天睁开眼忙到黑，她把自己的预产期忘了，把第一次流产的事忘了，把这第二次怀孕的事也忘了。

"嘎嘎嘎！""咯咯咯！"俩人同时笑了。

毛妮也报名了今年的助理医师考试，考试时间也刚好和她的产期重叠了。远在北京的丈夫，你真是个大混蛋！秋秋骂得对！

"好，我答应你！我现在就打电话，预定一辆救护车。我叫上我的老搭档，我们全力以赴……"

秋秋肚子里的儿子很乖很听话。秋秋说："乖儿子呀，你在妈妈肚子里再坚持一百二十分钟，妈妈下了考场，你再出来呀！"

真的，秋秋一出考场一进救护车，秋秋的儿子就喊叫起来："中华人民共和国，俺来了！"

但乡村医生李毛妮的一对儿女表现得并不怎么好……

第三考场外，英气逼人的三级士官正在给他的媳妇李毛妮"站岗"。他的站功了得，一个多小时了，仍然电线杆子似的，他在全神贯注地监听考场内李毛妮的声响。"电线杆子"的后边还站着毛妮的公公婆婆、亲爹亲娘，还有一辆120救护车。救护车里坐着穿白大褂戴大口罩的秋秋。秋秋在执行她和毛妮的约定呢。不过秋秋心里有点紧张，因为毛妮怀的是龙凤胎……

此时，李毛妮正在考场内伏案疾书。发考卷时，她悄悄和肚子里的儿女商量："俩鳖孩子，你们听着，你俩在老娘肚子里再憋屈俩小时。等老娘考上了助理医师，一月有几千块钱工资，老娘叫你俩天天吃从新西兰进口的高蛋白奶粉！"卷子发下来了，毛妮按着秋秋说的，先浏览一遍，拣会的做。毛妮看了一遍考题，很高兴，她基本都能答上来。

监考老师考虑到毛妮的特殊情况，特意把她安排在第一排，一人占一张考桌。乡村医生李毛妮由军人丈夫和秋秋搀着走进考场，监考老师和全场考生都站了起来，报以热烈的掌声。这掌声里包含着对村医李毛妮的尊敬和佩服。

试卷答了四分之三，毛妮突然觉得自己肚子的左边一鼓，毛妮笑了："这是儿子在蹬腿呢。"毛妮继续答题。

毛妮觉得自己肚子的右边也一鼓。毛妮又笑了："小丫头片子也不甘落后哇。"毛妮继续答题。

母亲的油饺子

试卷答了五分之四，毛妮突然觉得自己的下腹有点疼，是隐隐作痛。毛妮用手按按肚子，作为医生，她知道自己快要生了。毛妮看看时间还有三十分钟，数数试题还有十道。"要抓紧时间写！"毛妮给自己下命令。毛妮估计，十道题十五分钟就答完了。剩下十五分钟，还要再检查一遍呢。毛妮深吸一口气继续答题。

　　"哎哟！"毛妮不由自主出了声。她突然觉得下腹剧烈地疼了一下。

　　"李毛妮考生，有症状了吗？能不能坚持啊？"监考老师疾步走来。毛妮的叫声虽然不大，监考老师还是听见了。

　　毛妮有意识地感觉一下，下身没湿，羊水没破。转头对监考老师莞尔一笑："没事。"接着继续答题。

　　"哎哟！哎哟！"毛妮连着两声呻吟。她的下腹一下一下地跳着疼！但毛妮的呻吟声非常小，她有意识地控制了声音。毛妮用手拍拍滚圆的肚子，悄声训斥："乖儿乖女，你们怎么这样不听话？老娘再有七道题就答完了，你们就不能再坚持一会儿？你们知不知道你们的爸爸是军人，军人以服从命令为天职！你们是军人的后代，也应该服从命令！现在老娘和在考场外接你们的军人爸爸命令你们，再坚持二十分钟！"

　　考场里静悄悄的。李毛妮还在伏案疾书，签字笔在卷子上龙飞凤舞地工作着，发出沙沙的声响。考生们都答完了，但他们都没有离席，他们在等候村医李毛妮……

监考老师站在李毛妮的身边盯着她的卷子……

"哎哟！哎哟！哎哟！"李毛妮呻吟出声了。她额上冒汗了，脸色变白了。她的腹部剧烈地疼痛起来！

监考老师抓住李毛妮冰凉的手，激动地说："别答题了，李毛妮考生！你的分数够了，后面的两道题，答不答都没关系！"

李毛妮又有意识地感觉一下，下身没湿，羊水没破。她说："谢谢老师！俺一定要答完！俺要让乡亲们知道——乡村医生李毛妮不是吃干饭的，是有真本事的！"

李毛妮答完考题了，时间也到了。监考老师和众考生一起把她扶上救护车。

石破天惊，一声声清脆的嘹亮的报告声从救护车里飞出来：

"中华人民共和国，俺们来了！"

　　　　　　　　母亲的油饺子

母亲的油饺子

　　我的生活我不能做主。这边部队军休命令刚下，那边女儿就招我去英国上班——和老伴共同照顾双胞胎外孙。

　　我返回故乡辞别母亲。九十岁的老母亲笑吟吟地说："亮儿，明天该去英国了，老娘再给你炸锅油饺子吧！"

　　我点点头。我喜欢吃油饺子。饱饱的月牙形态，宽宽的双眼皮边，鼓囊囊的馅，橙黄橙黄的颜色，咬一口，满嘴五香味。咦，口水流出来了。

　　"出门饺子，进门面。"

　　我家特殊：出门油饺子！

　　"吃啥馅呢？"母亲问。

　　我指指窗外："槐花。"

　　院内四把粗的老槐树，槐花正怒放。满院清香。硕大的树冠上缀满雪白的一嘟噜一嘟噜的槐花。那画面感，不亚于南坡梨园的梨花放白。还有枝头的花羽毛小鸟和忙着采花的蜜蜂……

母亲扭动着小脚，去后院取来钩镰。这是她采槐花、香椿芽、皂角板的工具。长且直的泡桐杆上绑着一把钩镰，刀形弯弯刀刃闪闪锋利无比。母亲熟练地举起钩镰，"嚓！"一嘟噜槐花落在地上。

"娘，我来吧。"这活我也会做。入伍前常做。

"还是俺来吧。你多年没摸手生了，会弄断树枝的。"

母亲烫面。我洗槐花。烫面是个技术活。锅里的水沸腾了，母亲把几瓢白面徐徐撒进锅里。放白面的同时，母亲的右手攥着筷子，用力地快速搅动！锅里的白面成糊、成粥、成团儿。母亲把面团放在案板上，反复按揉。

按照母亲的吩咐，我去村里的小超市买了一斤猪肉馅，一包五香粉，一包鸡精。

母亲做馅一绝：她先把肉馅放在锅里炒半熟，再放葱姜蒜盐、老抽酱油、五香粉、鸡精，最后放槐花。瞧，母亲加大了煤气灶的火力，用铁铲翻着锅中的馅……香味扑鼻，母亲说："中了！"

母亲做的油饺子是很有味的。不管是洋桃叶馅、河灌芽馅、臭椿馅、榆钱馅、构蒲穗馅、红薯叶馅，还是韭菜馅、芹菜馅、茴香馅、西葫芦馅、胡萝卜馅、青萝卜馅，统统好吃。我说的前几种馅，许多人不知道。那

　　　　　　　　　　母亲的油饺子

是我当兵之前在老家常吃的。洋桃叶、河灌芽、臭椿叶有毒呢。臭椿叶来自我家后院的臭椿树，洋桃叶来自伏牛山浅处，河灌芽来自伏牛山深处。三年困难时期，村里村外的树叶树皮都被吃光了，我和父亲不得不进山采河灌芽。父亲说："上山去采菜，一去不回来。去时双脚走，回来用床抬！亮儿，你不怯吗？"我说："爹不怯，我也不怯！"其实我有一个小九九，可去河沟里摸螃蟹。生螃蟹可好吃了！我们父子俩采回两大包河灌芽，母亲为去毒，水煮五次，晾干五次，才让进口。用现在的眼光看，母亲办了傻事，煮五次晾五次，维生素都没了。

我小学毕业进县城初中寄宿学校读书。要离开家门了，要离开爹娘了，母亲炸油饺子为我饯行。母亲说："出门饺子，进门面，娘应包饺子为你送行，可咱家没有白面只有红薯面，红薯面包不成饺子，只能烫烫做油饺子。"那油饺子是河灌芽馅。我记得十分清楚。河灌芽尽管经过母亲五煮五晒，我还是中毒了！我吃了六个，带了六个，六六大顺嘛！顺个屁！我拉稀、肿脸，眼睛成了一条缝，直直折腾了半个月才好……

白白胖胖的月牙形的槐花猪肉馅油饺子摆了一案板，母亲说："亮儿，添油吧，开始炸了。哎，用那方壶的油，那是非转基因油。"

我笑了："您老很科学呀，还知道转基因非转基因！"

母亲自豪地说："你娘可不憨，三岁时你外爷就夸俺脑子灵。不过，有一件事，你娘办傻了。"

"哪件事？"我问。

"你去市里读高中，俺用狼猪油炸油饺子……"

噢，我想起来了。那是个吃饭穿衣都凭票的年月。生产队分的棉籽油根本不够吃，人们把猪肥肉熬成油，用来炒菜、炸油条、炸油饺子。猪油炸的东西是惨白色的，很香，人们爱吃。狼猪油也就是种猪油，臊得很！那次油饺子馅是红薯叶的，馅好吃但味难闻，满院满屋满嘴都是臊味儿！

"当时俺要问问就好了！不过，"娘的脸沉了下来，深深地叹了口气，"那是俺借了半条街才借来的呀……"

"哈哈哈……"我禁不住笑了。

"你笑啥？"母亲抬眼看我。

"臊臊臊！"我扇着嘴边的风。往事历历在目呀！

"那你也没少吃呀！进肚子十二个，还捎走六个！"母亲也笑了。

油热了，母亲把饺子放进锅里。饺子在锅里翻滚着，发出"吱吱"的声响。

母亲说："今儿俺多做几个油饺子，你吃十二个，带十八个去英国。六个给俺那儿媳妇，六个给俺那孙女，六个送给英国女王，让她也尝尝俺的手艺，都是女人嘛。她今年多大岁数了？"

"好好好！"我放声大笑，"让英国女王也尝尝我母亲的手艺，也沾沾我母亲长寿的福气！"

实事求是地说，构蒲穗馅的油饺子最好吃。构蒲穗连同嫩的构树叶煮煮、挤干、切碎，放上作料，没有鸡蛋没有肉也是很好吃的。它耐嚼、筋道、清香！母亲在我入伍离开家乡时，给我饯行做的油饺子就是构蒲穗馅的。

构树一般长在深沟沿上，浅灰色树皮绿叶子，枝条长且韧。我和母亲去沟边采构蒲穗时，我失足滑下，母亲手疾眼快抓住了我的衣服。我差一点儿掉进深沟里，好险！那时我家只有玉米面。母亲说玉米面太散擀不成片，包不成油饺子，要掺点儿白面才中。母亲指示我去北街万顺叔家借白面。万顺叔是洛阳拖拉机厂的工人，家里有白面。万顺婶说："亮儿，只借一瓢？借十瓢都中！但有个条件——你要做俺家的上门女婿！"我羞红了脸，接过白面转身就跑。万顺叔家的闺女叫青青，和我是同班同学，长得可好看了，牡丹花一样。人家是工人家庭，我是农民家庭，门不当户不对。我从来没想过这事。但现在我当兵了，"一颗红星头上戴，革命的红旗挂两边"，长身价了……

"娘，"我甜甜地幸福地说，"如果当年咱不吃这油饺子，不去万顺叔家借白面，您现在的儿媳妇还不知道是谁呢！"

"哈哈哈……""呵呵呵……"我们娘儿俩开怀大笑。

厨房内的香味，和娘儿俩的笑声，吸引了院内洋槐树上的两只花羽毛小鸟。小鸟一前一后落在厨房窗台上，扇动着翅膀，冲着我们"啾啾"叫，像是说："我们也想吃油饺子！"

　　"听见了，听见了。"母亲像对待孙儿们一样，从厨柜里取出一个盘子，把一个油饺子掰开放在盘子里，把盘子放在窗台上，"吃吧，吃吧，有英国女王吃的，就有你们吃的。"

　　满满一竹筛子槐花猪肉馅油饺子，不但小鸟馋了，我也馋了。在北京我吃过娘做的韭菜馅、茴香馅、白萝卜馅、胡萝卜馅、西葫芦馅、芹菜馅油饺子，就是没吃过槐花馅的。现在人们讲究回归自然、科学饮食，野菜、树叶成了稀罕物！槐花本就是菜中的上等品，爆炒、凉拌、和面笼蒸凉拌、做馅都好吃。我把嘴伸过去，想叼一个油饺子吃。在老娘面前，六十岁的我仍然小屁孩一个！母亲用手扯住我的耳朵："小馋猫，还没供奉呢！"噢，我想起来了。入伍前在老家，每次吃油饺子，母亲总要把做好的油饺子端到前堂屋，放在供桌上。她虔诚地嘟囔着："老天爷老天奶，菩萨奶奶，十二老母，公公婆婆，爹娘，还有叔婶，俺做油饺子了，你们先吃，你们先吃……"

　　我和娘端着一竹筛子油饺子来到前堂屋。迎面墙上有老天爷老天奶的牌位、菩萨奶奶的牌位、十二老母的牌位，还有毛主席像、朱总司令像、周总理像，还有装在相框里爷爷奶奶、父亲和叔叔婶婶们的遗像。母亲虔诚地说："老天爷老天奶，菩萨奶奶，十二老母，毛主席，朱总司令，周总理，公公婆婆，爹娘，还有叔婶们，还有亮儿他爹，咱们的亮儿要去英国带外孙了，俺做油饺子为他送行，你们先吃吧。你们吃饱了，要保佑亮儿一家人在英国吃得好，睡得香，天天开心……"

日正午，太阳照在身上暖融融的。阳光透过洋槐花斑驳地洒在院内的小石桌上。小石桌上摆着橙黄橙黄的油饺子，还有两碗小米粥，一碟韭菜花，一碟香椿芽，那是母亲制作的小菜。

母亲指着小石桌子上的油饺子嗔嗔地说："吃吧，小馋猫！"

我抓起一个油饺子，一张口，半个进了嘴："好好香！好好吃咧！"

母亲"扑哧"笑了："都多大了，还是那个样！"

我不吭声，自顾自解馋！

母亲说："亮儿，你记不记得你吃得最多的那一次？"

"记得。记得。"我沉沉地点着头。

我怎么会不记得呢？

那是一九七九年，我们军要出境作战。我借出差的机会回老家与母亲告别。父亲下世得早，母亲把我们兄妹几个拉扯大不容易呀。打仗，枪子可不长眼，这也许是与母亲的最后一面啦。母亲把家中仅有的红薯面玉米面白面掺和在一起烫了烫，为我饯行做油饺子。馅是榆钱的。正好东场的榆树花开了，母亲用钩镰采了大半口袋。榆树花俗称榆钱，圆圆的薄薄的黄黄的，形状与颜色酷似铜钱，人们就叫她榆钱。春荒时，榆钱是好东西呢。把榆钱洗净，或爆炒或蒸拌或做馅，均可。榆钱入口黏黏的，调啥味是啥味。母亲在榆钱馅里还放了半碗牛肉末。前几天生产队里的牛犁地，失足掉进沟里摔死了，每家分了二斤牛肉。

母亲为我做的油饺子，意义大于以往，这是为即将出征的战士饯行啊！如京剧《红灯记》里李奶奶送李玉和的酒："临行喝妈一碗酒，浑身是胆雄赳赳……"

在前堂屋，在诸神牌位面前，在领袖面前，在列祖列宗面前，在母亲膝下，我狼吞虎咽地吃着母亲做的牛肉榆钱馅油饺子。母亲用手抚摸着我的头说："亮儿，吃！吃得饱饱的！上前线，狠狠揍那些没良心的东西。"

我点着头，流着泪。泪水滴在油饺子上，又被我吃进肚子里。愿母亲的油饺子为我撑腰、壮胆、打气，我一气吃了十八个。

赴英国的飞机是今天中午的。早上八点，战友就来接我了。从故乡到郑州机场还有百多里路呢。

母亲把我送到村口，拉住我的手叮嘱："不要惦记俺，你妹妹和妹夫待俺好着呢。你到英国要好好带俺那俩重外孙。要他们快点长大。读大学，读博士，将来回咱国家干事！"

又叮嘱：

"噢，不要忘了，你那包里有十八个油饺子。六个是给俺儿媳妇的，六个是给俺重外孙儿的，六个是给英国女王的……"

布鞋婆母杨花花

老天不公，全家人唯我有脚气，我不得不天天晚上用药水泡脚。婆婆从卧室出来，笑盈盈地说："你这脚病俺会治！"我抬起头惊得张大了嘴巴。

婆婆来自中岳嵩山腹地的一个小村庄——西村。月前那里发生了泥石流，小叔子一家去了郑州的三弟家，婆婆来了北京。平时她是不来的。她舍不得那座依山而建的小院，院后边有三孔冬暖夏凉的石窑，前边是一座石头垒的大堂屋。中间是一百多平方米的院落，院内有核桃树、苹果树、石榴树，还有几畦茄子、青椒、莙荙莱，还有小狗、猪、鸡、鸭。

婆婆戴上老花镜，托起我的脚看了看，一脸不屑的样子："穿俺做的鞋准好！你那在郑州教书的三弟，也有脚病，就是穿俺做的布鞋好了的！"

　　　　　　　　　　　母亲的油饺子

布鞋，我知道，北京大栅栏内联升卖的有。具体怎么做，我这个城里长大的女孩儿并不清楚。婆婆说的话是否有点夸大？我擦着脚笑着说："那就托您老人家的福啦！"

医院里事多，还要下乡搞防疫。我参加小分队归来，两双布鞋摆在我的床头！一双是方口的，一双是拖鞋。那方口的我似曾见过，前些年部队发的就是这种形状的。所不同的是前者是黑色的，这双是蓝色的；前者鞋底是橡胶模具热压的，这双是千层布的。鞋口沿边的做法是一样的，如果说有区别，那就是前者为机制，后者是手工。手工比机制还耐看，还耐人寻味呢！那双布拖鞋和我现在穿的皮拖鞋的款式一模一样，下乡我没带，婆婆就照葫芦画瓢了。不同的是前者鞋底为牛筋底，后者为千层布底；前者拖带为软牛皮，后者为蓝色帆布！我捧着这两双鞋，敬佩之情油然而生！我最佩服的是那千层布底。所谓千层是说法，形容底厚，实际上也就十几层。那鞋底上的针脚，左看成行，右看成行，上看成行，下看成行！"哇！了不起呀！"我由衷地赞叹。我坐在床上把两双鞋试着穿在脚上，不大不小正合适！"咦！咦！啧！啧！真不错，真不错！"我嘴上说着，眼睛却湿润了。一个1922年出生，迄今已92岁高龄的老太太，居然还有这样的本事，不是亲眼所见，一百个人有一百个不相信！

身后传来婆婆的声音："俺没有黑帆布，也没有新布衬，俺把俺不穿的旧裤子、旧衬衣拆了，不结实的。赶明儿你给俺捡点儿桐树花，找点儿结实的黑帆布、结实的旧衣旧裤俺再做。"

布鞋透气好，就是比一半布一半橡胶或化纤的鞋好！

五一节，我的三个姐姐来我家聚会，我翘起脚夸婆婆的功劳和手艺。三个姐姐围着我的鞋看，赞美声不绝。大姐是个爽快人，非常直率地对我婆婆说："那您老人家也给我们姐妹做双呗。我们也要预防脚病呀！"

"中中中，中中中！"婆婆拍着膝盖，连连点头，"伸出你们的脚让俺看看，俺看了就知道你们穿多大的鞋合适。"

婆婆转头叫住我："四春，给你姐姐们做鞋，咱要用新布。你去给俺扯五尺黑卡其布，五尺白洋布。再给俺买几绺纳鞋底的线。都弄新的啊，咱不将就。"

婆婆做着准备工作。她去附近的小树林里，捡了一兜泡桐花，洗净、晾干。又把我找出来的五颜六色的旧衣服拆了、洗了、晾了、熨了。然后，用白面打糨糊，又找两块儿和擀面板大小差不多的木板，把我儿子小时候写作业用的小饭桌放在阳台上。婆婆准备齐了，就开始做袼褙了。婆婆做袼褙和别人有点不一样，别人是在木板上刷一层糨糊，铺一层布；再刷一层糨糊，再铺一层布，铺个四五层结束。婆婆是刷一层糨糊铺一层布，再刷一层糨糊，注意啦，和别人不一样的地方出现了：

　　　　　　　　　　母亲的油饺子

她没有直接铺布，而是在上面均匀地撒一层薄薄的碎碎的泡桐花儿（据说此花儿治脚气），再铺布。再摁结实、再抚平整，这样重复几次，婆婆最后将贴着袼褙的木板和小饭桌拿到阳光下晾晒。

婆婆有一个红色的针线筐，荆条编的，方形，有盖，已经褪色了。针线筐里有大小粗细不一的针，有各种颜色的线团儿，有一把锥子和一把老式大剪刀，一个金黄金黄的顶针儿。还有一个陀螺形的线坠子，一个织布用的光溜溜的黑色的梭子。婆婆说线坠子和织布梭子是她出嫁时亲娘陪送的嫁妆。那织布梭子早不用了，但舍不得丢。

一天上午，我回家取一本书，看见婆婆正在专心地剪做鞋的布。她老人家一条腿站在地上，另一条腿跪在床上，身子前倾着。阳光射进屋里，光线好极了。在婆婆的床上，摆着袼褙，画线用的桃形粉饼，亮铮铮的剪刀。婆婆左手摁着黑卡其布，右手张开丈量尺寸，嘴里嘟囔着："三加三得六，再加一得七。"婆婆脸上的皱纹宽宽细细，横竖交叉，花白的头发散开了，一部分披在肩上，一部分遮在额前、耳朵边。阳光把婆婆瘦小的身影投在洁白的墙壁上。啊，好美的一幅画！我摸出手机，"咔"摄下了这一幕。后来，在医院举行的摄影比赛中这张照片拿了名次。

婆婆真是个奇人，她做鞋做衣服，丈量尺寸竟然不用尺子。

又一个双休日，姐姐们来了。婆婆拿出做好的六双鞋，款式和我的一样。每人一双方口布鞋，一双布拖鞋。"来，闺女们，都穿上蹦几下，走几步，看合脚不？"婆婆把鞋发给每个人。

三个姐姐照着婆婆说的做。蹦几下，走几步，三姐还走起了猫步。

"嘻嘻嘻！哈哈哈！"三个姐姐美作一团儿。

家有老人是个宝哇！

"大娘，您真能干！"

"大娘，您真聪明！"

"大娘，您能活一百岁！"

三个姐姐齐声夸赞。

婆婆很自豪："这算啥？当年在嵩岳抗日根据地，俺是做支前鞋的模范哩！皮定均司令员还亲自给俺戴大红花哩！"

婆婆说的是事实。也就在那一年，她加入了中国共产党！

我老公是空军飞行部队的团长，一个礼拜返家一次，有时还不回来。婆婆到京来住，原说给她请个小保姆。婆婆说："不用。咱们住六层，俺不会开电梯，俺走楼梯，这比咱家的胡岭地还低哩，还好走哩。"

原来我担心婆媳会有矛盾。不想，婆婆是个明白能干的人。"四春，你上班忙，咱娘俩过日子，你管买菜买肉买粮食，买油盐酱醋。我呢，管择菜洗菜，蒸馍擀面条。你还管炒菜，我还管收拾厨房、擦桌子、椅子，拖地板、扔垃圾。"

其实，婆婆不仅完成了她承诺的任务，她还给我做了好多样嵩山风味的小吃：油炸萝卜丝、红薯粉蛤蟆筋头儿（跟北京的面鱼儿差不多）、杂面发糕……

婆婆爱看《新闻联播》，爱看《梨园春》。婆婆看《新闻联播》时，全神贯注，像退休老干部。看河南戏的时候，会随着曲子哼唱。

一天，婆婆来到我卧室，解开裤带，一只手往内裤里摸，一会儿从内裤里摸出来一张百元钞票来。用手捋了捋，又拍了拍，放在我跟前说："四春，再给俺买点儿做鞋的料吧。"

我瞪大眼睛看着她："还给谁做呀？"

婆婆附在我耳边悄声说："先保密！"

"那也花不了一百元呀，再说也不该您出钱呀！"婆婆的钱是政府发的。

婆婆直起了腰，一本正经地说："别的事可以花你们的钱，但这事必须花俺的钱！"

接着，婆婆拉过我的手，把钱放到我手上："只当俺今年多交了一百元党费。"

婆婆是老党员，她每年向村党支部交一百元党费。

"好嘞！"我大声应着。我还能再说什么呢。

之后的日子，我们各忙各的，老公忙飞行训练，我忙手术台，读大学的儿子忙学业，婆婆忙着她的事。除了晚上看电视，我能在婆婆身边坐坐，其他时间都各自为战。日出日落，天明天黑。眨眼间，国庆节到了。这天晚上，我们全家人都在。老公回来了，儿子也回来了。饭桌上还喝了几小杯杜康酒，难得一家人在一起吃顿饭。饭后，我们坐在沙发上看电视。婆婆的左边坐着她儿子，右边坐着她孙子，婆婆脸色红润，银发闪闪。《新闻联播》播完后，婆婆起身去了卧室，一会儿提出一个花布包袱来，对我们说："大牛，四春，小牛，俺交给你们一个大任务！"婆婆一脸庄重和严肃。

　　我们三人都站了起来，不知道婆婆要交给我们什么重大任务。我尊重婆婆，她儿子、她孙子就更不用说了。她可是有七十年党龄的老共产党员啊！

　　婆婆把包袱放在桌子上打开，我们都围了上来。啊，是六双布鞋！三双黑布鞋，三双布拖鞋，和先前给我们姐妹做的款式一样，但比那几双大许多！

　　纯黑色的鞋帮，纯白色的鞋里。鞋底纳得横竖成行，针脚细密匀称。噫，这鞋帮里面还有字？字是用细黑线绣的：嵩山西村杨花花。

　　婆婆用充满感情的声音说："这鞋是给东隔墙军干所的'皮旅'南下老兵做的！一般男人脚的大小都在这三个尺寸之内：七寸五、七寸七、七寸九……明儿你们带俺去看看他们的脚丫子，他们一共九个人……说不定，他们还认识俺，还穿过俺做的军鞋哩……"

啊，这就是婆婆的秘密。我感动了，我流泪了。老公和儿子也感动了。婆婆就是当年嵩岳抗日根据地庆功大会上佩戴大红花的"军鞋模范"杨花花！

她怎么知道，我们东边是军队干部休养所，所里的九位休养干部是"皮旅"南下老兵？噢，是我多嘴了，我对她说过："妈，墙那边是军队干部休养所，所里有九个咱们中岳嵩山老乡。他们是老革命——抗日战争时他们放下锄头参加了八路军嵩岳抗日挺进支队，解放战争他们跟随皮定均司令南下……"

还账

　　昨天老所长田正军接到退休命令，今天他孙子田胖胖就失踪了。是仇家所为，还是战友、朋友开玩笑？都有可能！老所长从警三十多年，经他手送进监狱的有百人以上。当然了，经老所长帮助教育浪子回头的也有百人之多。老所长是军人出身，上过越南战场，生死与共的战友一大帮呢。老所长没有报警，情况不明，惊动领导，丢人呢。老所长当了二十年的所长，认识他的人多着呢。老所长驾车到学校、交警大队，查看监控。接走他胖孙子的是一辆白色长安面包车，车牌号布满泥浆模糊不清。小胖子走出校门，伸开双臂像小鸟一样叫着钻进车里。可见开车人与小胖子熟悉。老所长又驱车到高速交警大队查看监控。

　　　　　　　　　　　　　母亲的油饺子

"花木兰羞答答施礼拜上……"老所长的手机响了。

"我是田正军!"

"我是你爹!初六老子过八十岁大寿,把小胖胖给我带回来!"

"哟,老所长大驾光临有何指教?"

"小事一桩。看看昨天的监控。"白色面包车由洛市东口上了长城高速,在伏牛县路口下了高速。

"哎,小胖胖回老家了?"伏牛县大嘴镇是老所长的出生地,他在这里生活了十九年,然后从军了。战争结束他转业进了洛市公安局。那一年大嘴镇四十九名青年到野战军 A 集团军服役,十九名永远留在了异国他乡。大嘴镇的老战友们组建了一个微信群,群主是老班长老大哥李民信,绰号"大肚子"。战友们在群里互动很频繁呢。是战友们把小胖胖接走了?在硝烟弥漫、炮声隆隆的战场上并肩战斗,关键时刻把生送给别人,把死留给自己——这是金子般的战友情啊。

肯定是!肯定是!上次战友聚会,谈及对小孙孙胖胖的教育,老所长很是忧虑:"小胖胖有三个问题,我很发愁。太胖,英语不好,作文不好……"老班长说:"这好办。再有十天就放暑假了,要小胖胖回咱老家住一段。我带他到咱老家新开发的旅游景点转转,再让咱们的战友大书法家方平、大作家周通,单兵调教调教他!不怕调皮捣蛋，就怕单兵教练……"

老所长的手机又响，手机屏幕上跳出一张照片："爷爷，你猜猜我在哪儿？"

老所长把照片放大：胖胖的身材，胖胖的脸，脸上挂着亮晶晶的汗珠。背景是绝壁，绝壁上有条"之"字形栈道……

哟，蝙蝠壁大峡谷公园！老所长哑然失笑，真是你们把我孙子接走了！也不打声招呼！乱弹琴！

蝙蝠壁大峡谷公园风景秀丽，地形奇异。蝙蝠壁上的"之"字形栈道壮观险峻，是景点中的精华。它既不同蜀中剑阁栈道，又不同北岳恒山的栈道。带小胖胖爬"之"字形栈道，既减肥又锤炼了他的勇敢和毅力，双收获！战友们如此善解人意，敬礼……

老所长驱车来到蝙蝠壁大峡谷公园。老所长聪明，没有进公园内寻找小胖胖他们。他来到公园办公室，在幕墙上寻找他们。公园的监控设备先进，任一角落也不漏掉。相传沟底的水土养美女，崖顶的风雨铸壮士，崖顶沟底青年男女情歌互答，但要男婚女嫁难，他们之间无路，如天上的银河阻隔牛郎织女一样。后来崖顶的壮士便从崖顶向沟底造路。十年磨一剑。不到十年，聪明能干的崖顶壮士便修成了一条可以下到沟底与漂亮姑娘们相聚的"之"字形路。这几年，有眼光的大嘴镇镇长筹来资金把古老的情道变成游览胜地，一张门票五十元。

啊！兔崽子，可找到你们了！老所长笑了。

在"之"字形栈道上，老战友李进站在拐弯处，手里扬着一块硬纸板，纸板上写着一行醒目大字："不到长城非好汉！"李进不仅是老所长的战友，还是小学、中学的同班同学。李进脑袋瓜子特别灵，连长说他是双脑子。在部队，老所长遇到难题总爱请教李进。李进还是性情中人，老所长的父亲在医院做手术，他悄悄寄去十元钱。那时他们一个月的津贴只有六元。战斗中老所长负伤了，是李进背着他冒着枪林弹雨飞奔到战地医疗所。李进还破译了敌人的密码，获得了有价值的情报，立了三等功。

"胖胖加油，不到长城非好汉！"李进指着纸板上的字大喊。

满脸大汗的小胖胖抬眼一望，用胖手擦一把脸上的汗水，上牙咬住了下嘴唇。

小胖胖弯腰弓身双手按着膝盖，一步，一步……

哎，小胖胖干脆手脚并用，如笨狗熊爬山……

老所长禁不住哈哈大笑。

老所长的手机又响，手机屏幕上弹出一张照片："爷爷，您猜猜我在哪儿？"

老所长把照片放大：胖胖的身材，胖胖的脸，脸上三道墨迹，照片的背景是行书毛泽东的《沁园春·雪》。哟，小胖胖怎么又到了战友方平的工作室了？战友方平的两条胳膊都丢在了高平。他不愿在荣军养老院坐吃等死，他用嘴叼着笔苦练书法，数年下来功成名就，参加过全国、省市书法展，行书价位不凡。他返回老家大嘴镇，创办了一个工作室。老所长在他那里拿走墨宝数十张，有送同事的，有送领导的，当然家里也悬挂一张。

微信传来视频：老战友在教小胖胖写字呢。老战友用嘴把宣纸铺在特制的台案上，又用嘴叼着毛笔在纸上写了"横""竖""撇""捺"。老战友把毛笔搁在笔架上，转头看着小胖胖，笑眯眯地说："小胖胖，你想成为书法家吗？如果想就必须从基本功起练。咱们这儿从古到今书法家特别多，古有颜真卿、王铎，今有张海，还有你方平爷爷我，我们都是这样练的……要吃很多苦，如解放军战士夏练三伏冬练三九，你方平爷爷我比他们吃的苦更多，我没有手，把嘴当手了……来，胖胖，握好毛笔，用力握，身子坐直，笔杆对着鼻尖……

"噫，不错不错，有模有样……"

"爷爷，我将来也能当大书法家？"

"能！只要你按方平爷爷说的做——练！苦练！再苦练……不过你现在的任务——第一把体重减下来，第二把作文弄上去……"

　　　　　　　　　　　母亲的油饺子

老所长的手机又响，手机屏幕上弹出一张照片："爷爷，你猜猜我在哪儿？"

老所长把照片放大：柴门。柴门两边各有一幅字：四十年沧桑风雨谁记得；我手写我心一天两千字。横额：毛主席万岁。小胖胖凸着胖肚皮，背着双手，目视远方，一种"当今天下舍我其谁"的气势……

老所长心里热浪翻滚，战友们好用心哟。这位战友姓周名通。入伍前是大队的团支部书记。周通是连突击队的旗手，攻战八二五主峰时，他身中两弹，但手中的红旗没倒！复员回乡，他继续干大队团支部书记，一年后任党支部书记。他带领一千多名群众，顺应历史潮流，上山种树……经历了九九八十一难，如今他们村富得流油。前年，他主动向上级党委辞职，把班交给人品优秀又有文化的年轻人。他把自家的老宅拾掇成陶渊明式的院落。院落周边密实的花椒树代替了围墙，院落后边坐北朝南一排四间平房，卧室、写作室、会客室、厨房。院内左侧是小菜园，黄瓜、茄子、青椒、西红柿，天天吃无公害蔬菜，不用去集市购买。院内右侧是休闲散步之地，有曲径通幽的鹅卵石甬道，有葡萄架、黄杨树、玻璃鱼缸、藤椅、牡丹石工艺小石桌，桌面上刻有楚河汉界……

微信传来视频："小胖胖，你爷爷讲你精通象棋，咱们爷孙俩来三局？"周通在牡丹石桌旁的宝葫芦形石墩上坐下来。

"周爷爷也喜欢下棋？"小胖胖也在对面的宝葫芦形石墩上坐下。小胖胖喜欢下棋，在学校年度象棋比赛中拿过名次呢。看见象棋他手痒痒。

周通微微一笑："你周爷爷棋术一般，不像你得过奖杯，陪你三局吧。但有个条件：你今晚不走了，陪爷爷写篇文章……"

夜里，写作室内大作家周通在写长篇小说《搏斗》，小作家小胖胖在写"今夜月儿明……"。

"周通爷爷是我爷爷的战友，是位大作家，我家有他的作品。"小胖胖在方格格纸上一个字一个字地写着，字体算不上周正，但一笔一画很认真，"我早想来看周爷爷了。他的家不像农村的农家院，也不像城市边上的别墅，好看又好玩。我在周爷爷家的大门口留影了。周爷爷夸我姿势摆得好，将军神气，将军肚子！我还在周爷爷家的菜地里吃了一根顶花带刺的黄瓜和一个西红柿，我还和周爷爷在葡萄藤下的牡丹石桌上战了三局，三战两胜，哈哈哈！晚饭时周爷爷给我爷爷打电话，要我今晚陪他写作、睡觉。我很高兴，我真想看看大作家是怎样写作的，但我又有些紧张：我夜里睡觉不老实，咬牙放屁打呼噜，还尿床……周爷爷还要我写篇作文，题目是《今夜月儿明》，这不是难为我吗？在学校我的作文成绩最差了……周爷爷正在稿纸上写字，发出'沙沙'的

　　　　　　　　　母亲的油饺子

声音。我不知怎么开头，蹑手蹑脚走出写作室。铜盆大的月亮悬挂在东南天上，几颗亮晶晶的星星冲我眨眼，远处群山起起伏伏，如同一尊卧着的龙；月光透过葡萄藤倾泻在我身上、脸上、小青石桌上；老榆树上的知了和葡萄架上的蝈蝈笼子里的蝈蝈高一声低一声、粗一声细一声地唱着歌，比赛似的……"

…………

老所长坐在办公桌前写自查报告。退休干部都要写，局党组要审查。审查合格入档案，不合格重写！既然小胖胖在战友那里，战友又那么喜欢他，我还是操工作的心吧。

"老所长的手机又响，手机屏幕上弹出一张照片："爷爷你猜猜我在哪儿？"

老所长把照片放大：石头垒的院墙，石头垒的屋子，窗户像人的鼻孔一样，房顶用茅草覆盖。院内青石片铺的小路，几畦蔬菜，几株枣树、石榴树，几多青草，鸡鸭兔狗……

微信传来视频：院落的主人，一个瘦瘦巴巴、肋骨根根可见的老兵站在门口大声喊："老战友，欢迎你们哟——小胖胖，爷爷想你哟——"

大嘴镇扶贫书记戚武带着小胖胖进山了。这深山老林里有十五户人家，其中三户是老所长的战友。他们靠山吃山，在屁股大的地块上种植小麦、玉米、红薯、大豆，农闲时进林子采蘑菇、捡松子，下山沟逮蝎子，日子过得紧巴。按今天大嘴镇的生活水平衡量，他们在贫困线之下。大嘴镇政府落实国家脱贫政策计划把他们搬下山，把他们的原居住地开发成民俗旅游景点，这十五户人家的搬迁工作由戚武负责。戚武有意带小胖胖进山——让小接班人开开眼界嘛！戚武把摩托车停在山下的乡道，拽着小胖胖上了两千多个台阶……

　　院内捶布石上，两位老兵一边喝着红枣柿饼茶一边聊着战场上的出生入死。小胖胖在院内玩耍。这里的石墙、石屋、茅草房顶、红红的石榴、红绿相间的大枣，还有大公鸡、老母鸡、小花猫、小花狗、小白兔、小松鼠对他来说都是新鲜的，有些是他第一次见。后来小胖胖坐在捶布石旁边的沙石墩上。他被两位爷爷的谈话吸引了。

　　"老班长，下山吧，服从政府的安排吧。这可是咱们镇大格局里的一部分呀，咱们镇里要对这些老院落进行开发呀……你是党员、人民功臣，要给战友们、乡亲们带个好头啊……"

　　"小戚，谁不想下山呀，脱贫新村盖得那么敞亮！关键是我罗锅儿上山——钱紧呀。我粗粗算了一下，没有三万元人民币我住不进脱贫新村……"

　　"你那二万元伤残医疗费呢？连本带息，现在够三万了吧？"

　　　　　　　　　　　　母亲的油饺子

"唉！马尾拴豆腐——提不起来了……"

"老战友，具体点。对我还保密？"

"胖胖的爷爷清楚……"

老所长的手机又响，微信传来视频：高耸的雕工精细的汉白玉烈士纪念塔，塔上有隶书大字：大嘴镇红石岭烈士陵园。小胖胖红嘟嘟的脸，亮晶晶的大眼睛对着镜头。小胖胖的背后是一群两鬓如霜的老兵，他们每人手里一束鲜花……小胖胖说："爷爷，一群爷爷来给烈士爷爷送花，我也来了。我的花是大肚子爷爷买的，他说他是你的老班长，在你们战友中他年纪最大，他还是大嘴镇越战战友群的群主……"大肚子群主李民信弯腰对小胖胖说："小胖胖，你站在我旁边，爷爷们怎么做，你也怎么做……"

"向烈士敬礼——"大肚子群主爷爷声泪俱下。

众爷爷敬军礼。

小胖胖跟着敬军礼。

"向烈士献花——"大肚子群主爷爷哽咽了。

众爷爷把手中的花恭恭敬敬地放在墓碑前。

小胖胖也把手中的花放在墓碑前，并用胖胖的小手把卷曲的花瓣展开。

众爷爷掏出手帕仔细地擦拭墓碑上的灰尘。

小胖胖没有手帕，他脱下校服，用校服擦。

众爷爷的泪水滴在墓碑上。

小胖胖也泪洒墓碑。

大肚子群主爷爷给小胖胖介绍十九位烈士的牺牲过程：

"张金龙为战友排雷开道，他踏上了地雷。他喊：'我踩住雷了，你们闪开……'

"王东方与敌人一起滚下了山崖……

"王堆为掩护小胖胖的爷爷牺牲了……

今日是老所长的老爹的八十寿诞，是应该也必须庆贺的。如在往常肯定要去镇上包酒席，可今年不行，村村有红白事委员会。委员会本着勤俭节约的原则制定了规矩，可以在家里庆贺。白酒一席一瓶，啤酒一人一瓶，超了罚款。一席八人，四样菜：红烧猪肉、土豆烧牛肉、五花肉菠菜木耳宽粉豆腐大杂烩、绿叶菜。一人一盘一碗一酒杯，类似城里的自助餐，吃多少取多少，不准浪费。客人进门时登记、送礼。礼金不准超过五十元。不送礼金也欢迎，喜庆事嘛！老所长及兄弟姊妹在门口迎客，春风满面的老寿星在后上屋陪客人说话、喝茶。宴席由游走乡间专做红白宴席的公司承包，按人头算，一个脑瓜二十五元。老所长的战友们喊着"一，二，三，四——"来了。小胖胖是领路人，排第一。他的号子声特别好听，童子军声音嘛！老战友来了二十一名，凡是能来的都来

　　　　　　　　　母亲的油饺子

了。不能来的，礼金来了。大肚子群主李民信在登记簿写下三十个名字，呈上一个红包，红包里是三十张绿色的五十元人民币……

开席了。大家排队向老寿星敬酒。老所长及兄弟姊妹们代替老爹喝酒。二十一位战友给老寿星敬酒。他们敬军礼，敬酒，再敬军礼："祝老伯福如东海长流水，寿似南山不老松。"老寿星高兴极了，朗声大笑："谢谢好孩子们！"敬完酒，二十一名战友围住了老所长。一群在硝烟弥漫的战场上冲锋陷阵、生死与共的老战友聚在一起，杯盏交错，畅所欲言，好不痛快！他们谈新兵训练、夜奔战场、第一次扣动扳机、第一次投手榴弹，还有第一次看见敌人吓得双腿发抖……"哈哈哈！"大家笑。小胖胖也跟着笑："吓得尿裤子，真熊狗！"又三杯酒下肚，大肚子群主号啕大哭："慨当以慷，忧思难忘。何以解忧？唯有杜康！这会儿我想起副班长郑仓了，没有他，哪有现在人壮膘肥的我？啊——"

一颗炮弹呼啸而来。"卧倒！"郑仓盖在大肚子群主身上……

"郑仓——"

"小郑——"

"好战友——"大家哭成一团儿。

老所长双肩耸动，老泪纵横。这会儿他想起为掩护自己而牺牲的战友王堆了。他们一组三人深入敌后抓舌头。他们抓到一名舌头，扛着向指挥所跑。敌人的哨兵发现了。"组长，你们先走，我断后，我枪头准……"

"王堆——王堆——"老所长失声喊着。小胖胖用小胖手擦去爷爷脸上的泪水，后来和爷爷一同哭起来："王堆爷爷——"

曲尽人散，明月东升。老寿星高兴，多喝了几杯，睡了。小胖胖兴奋了一天也在爷爷的脚头睡了，双手抱着爷爷的脚丫子。老所长失眠了，想想东想想西，想想前想想后，几十年过往像电影一样一幕幕在他眼前闪现：穿军装，老兵传帮带；完成战斗任务，荣立三等功；进攻独锋山负伤，战友李进冒死把他背进医疗所；战友王堆为掩护他而牺牲；转业进洛市公安局，办案将坏人绳之以法，保一方平安，帮助失足青年浪子回头，调解纠纷制止械斗，还有不收战友的钱给战友办事，收战友的钱帮战友办事，收了战友的钱没有帮战友办成事……

噫，这事儿有几桩呢。如取了战友方平的字，有几张付钱了，有几张没付……

又如收了战友吴东方的钱，他儿子没进成事业单位……

再如收了战友周通的几件洛阳牡丹石工艺品，没有帮人家弄到膨胀炸药……

虽然这字、这钱、这工艺品他送人了。

…………

　　　　　　　　　　　　母亲的油饺子

就这样吧，决定了！无论我的决策有多糟糕，还是比牺牲在战场上的战友们好到天上去了！那次执行抓舌头任务，战友王堆如不主动断后，那我就必须断后，我是组长、共产党员啊……

还有独峰山负伤，肠子都出来了，没有战友李进的舍命救护，哪有现在的田正军啊。

"起——"老所长一跃而起。

"分局党组：我决定把洛市的住房卖了，回大嘴镇。卖房款分三部分，安排如下：第一部分分给牺牲在自卫反击战中的十九名战友的家属；第二部分分给入住脱贫新村缺少安家费的三名战友；第三部分分给，不，是还给我接了他们的钱而没有帮他们办成事的战友们……"

后　记

　　如果老天再给我三十年寿命，我必将大呼：天下者我们的天下，国家者我们的国家，社会者我们的社会，小说者我们的小说……我们不说谁说？我们不干谁干？我们不创作谁创作？但这是异想天开。我已年近古稀，发动机不怎么样，只能发点余热：一年写八万字小说，两年出本集子！

　　我时运不济，入伍后被调入北京空军政治部任文艺创作员，正准备大干一场，不承想链霉素中毒，患上了眩晕症，无药可治，只能通过锻炼，提高代偿能力。于是我搁笔三十年。这三十年我拄着拐杖当过倒爷，开过石子厂，跑过工程合同，率领家族兄弟侄孙们干过工程……钱没挣着，但歪打正着，积累了创作素材。年岁大了，干不了工程了，坐下来创作吧。还行，从二〇一五年至今，已出版《李希信中篇小说选》一部，发表短篇小说、散文近二十篇！更重要的是在编辑部老师和文友们的帮助下，我基本掌握了写作的技巧！所以我非常有信心，只要身体不出问题，两年可以出本集子！老师们、文友们、读者们可能不信，我信！

"自信人生二百年，会当水击三千里！"